KB060167

풍란 이야기

유재원 에세이

머리말

별은 태양을 집어삼킨 어둠에 박혔다. 별이 잠긴 술잔을 들고도 별의 무게를 느끼지 못했다. 빛으로 생긴 그림자는 빛 뒤에 숨었다. 아무것도 없는 가슴에 무엇이 들어와 그림자를 드리울까.

이것이 빈손의 사랑인가. 하루 종일 풍란 곁에 있으면서도 풍란꽃 향기는 움켜쥘 수 없었다. 시끄러운 현실을 피해 달아나도 소용없는 세상 차라리 무심했다가 결국 풍란 이야기를 듣고 말았다.

잠들면 별이 보이지 않는다고 밤을 지새우는 소망 앞에 기어이 오고야만 아침, 솜털 같은 햇살이 풍란의 시간이었다. 이봄, 줍거나 선물 받은 돌에 어린풍란을 붙인다고 부산 떨었지만, 아직도 영혼은 착생着生하지 못했다.

유재원

3

차례

5부 풍란정치

1부

풍란사랑

풍란사랑 1

"개는 참의 반대 개념을 가졌다."

개망초는 쌍떡잎식물 국화과의 두 해살이 풀이며 북아메리카가 원산지로 귀화식물이다. 꽃 모양 때문에 '계란 꽃' '구름국화'라고도 부른다. 번식력이 강하고 생명력이 질겨 버려진 땅 황무지에서도 잘 자란다.

개망초 꽃말은 가까이 있는 사람을 행복하게 해주고 멀리 있는 사람은 가까이 다가오게 해준다는 '화해'다.

어린잎은 주로 건건이로 사용하지만 한방에서는 줄기와 뿌리를 감기, 학질, 위염, 간염, 장염 등의 약재로 쓴다. 사실 개망초는 '우거진 풀' 뜻을 가진 망초莽草이며 유해식물이 아니다.

남편이 전쟁터로 끌려가고 아내 혼자서 밭을 가꾸었는데, 나라가 전쟁에 패하여 망할 것 같다는 소문이 돌아 아내는 그만 병이 나고 만다. 쇠약해진 몸을 이끌고 유난히도 많이 돋은 풀을 뽑아 밭둑으로 던지며 '이 망할 놈의 풀' 외치고는 그 자리에서 죽고 말았다는 이야기가 개망초 전설이다.

식물은 자신이 태어난 곳에서 이동할 수 없다는 고정관념은 잘못된 생각이다. 식물은 자신이 원하는 만큼 이동할 수가 있다. 또 스스로 넓은 바다와 대륙을 건너 귀화한다.

건건이는 밥에 곁들여 먹는 최소한의 반찬을 말한다. 지방마다 검게, 거심, 건거이, 경건이, 건거지 등으로 부른다.

지고지순至高至順한, 사랑을 '참사랑'이라고 부르지만, 아무리 슬픈 사랑이라 해도 '개사랑'이라고는 부르지 않는다. 사랑이 그만큼 숭고하기 때문이다. 사랑은 우리말의 고어인데, 같이 살면서 상대를 헤아린다는 '살다'에서 왔다.

나라가 망할 때 돋아나는 풀
널리 망국초라고 불렀지만
건건이와 약이 되는 건 생각지 못했다
황달 드리운 보릿고개 넘는 길에
흰 달 얼굴 반쪽마저 찾아서 핀 개망초
막상 지나고 보니
슬픈 이별에 밀려난 참사랑이었다

일반소엽풍란이다. 돌은 내가 사는 집 앞 좁은 도로에서
뭇사람 발끝에 차이던 것을 주워 왔다. 편견의 세상에서는
큰 돌보다 몇 배나 노력해야 배겨날 수 있다면서, 가뭄 든
땅에서는 단비가 내릴 때까지 갈증을 참아야 살아날 수 있
다면서, 세상 때가 꼬질꼬질하게 배어있는 몸을 거친 수세
미로 사정없이 문질렀다. 작지만 세파를 단단하게 이겨낸
돌, 개망초 꽃의 슬픈 이야기가 적혀있는 첫 장에 실었다.

풍란사랑 2

지금도 마음 따뜻하게 남아있는 옛날 이야기.

도시가스 남방이 드물던 시절에, 남의 집 문간 살이 하는 사람도 새로 들어오는 사람이 냉골에서 고생하지 않도록 연탄불은 두고 이사하는 것을 도리로 알았다.

원앙새는 일부다처로 산다. 암수 비율에서 암컷이 훨씬

많기 때문이다. 하지만 배우자 선택은 암컷이 한다. 선택받은 수컷은 다른 수컷이 대들지 못하도록 암컷에 찰싹 달라붙어 다닌다. 이런 모습이 금슬 좋은 부부라고 믿게 하였다.

신부의 혼수용품에 빠지지 않는 것이 원앙금침鴛鴦衾枕이다. 원앙 수를 놓은 이불과 베개인데, 원앙처럼 금슬 좋게 살라는 바람에서다.

원앙 암컷은 깃털이 화려한 수컷을 좋아한다. 새는 소리로 의사소통하지만 시각도 중요한 역할을 하여 깃털의 광택으로 건강상태를 파악한다.

평생 부부관계를 유지하는 기러기와 달리 원앙은 번식기가 끝나면 서로 본체만체한다. 수컷은 생물학적 본능으로 암컷이 다시 알을 낳지 않는다는 것을 알기 때문이다.

'원앙 암컷과 수컷은 절대로 떨어지지 않는다. 같이 살다 한 마리가 죽으면 남은 한 마리는 제 짝을 그리다 죽는다. 그래서 원앙은 '배필새匹鳥다.'라고 말한 사람도 있지만 사실은 해마다 짝을 바꾸어 번식 기를 맞이한다.

금슬 좋은 부부를 원앙이 같다고 비유해도 원앙 부부가 사이좋을 때는 둥지 지을 때뿐이고, 암컷이 알을 나면 수컷은 또 다른 암컷을 찾아 곧바로 떠난다.

원앙 암컷은 수컷이 한눈 팔 때 바람피운다. '바람기'가

우수한 유전자를 가진 자손을 만들어주기 때문이다.

　인정人情은 남을 동정하고 이해하는 따뜻한 마음이다. 이사 가면서 연탄불까지 가져간다면 인정머리 없는 행동이고, 남에게 모욕당해도 싼 이 사회에서 인정認定받지 못하는 사람이다.

　　이별이 철새의 숙명인가
　　해마다 빈 하늘을 날아가는 사랑
　　눈먼 사람들은 모른다
　　그대가 돌아올 거라는 생각으로
　　날마다 하염없이 기다리지만
　　이제는 그리움도 지쳐 시들고 말았다

　소엽풍란 궁희다. 돌은 2022년 3월 12일 '월간 시' 서울시문학협회 민윤기 회장과 조명제 교수를 따라 충북 단양 신동문 시인의 흔적을 찾는 문학기행 갔다가 신 시인이 운영했던 농장 산비알에서 가져왔다. 신 시인이 거주하던 농가는 이미 폐가가 되었고 벌통만 즐비하게 늘어있었다. 야산에서 웬 수석인가 하겠지만 땅바닥은 둥글 넙적한 호박돌 천지였다. 아마도 몇 만 년 전에는 강이나 커다란 하천이었던 것 같았다.

1928년 충북 청주에서 태어난 신동문辛東門 시인은 1956년 조선일보 신춘문예에 '풍선기'가 당선되어 문단세상으로 나왔다. 1965년 군사정권의 민간이양이 실현되지 않자 절필하고 단양군 적성면 애곡리로 내려와 임야를 개간하고 포도와 뽕나무를 재배했다는 설이 있지만 사실은 몸이 병약해 시골을 택했고 자신의 건강을 위해 침술까지 배웠다. 1993년 65세에 췌장암으로 타계한 신동문의 시 '내 노동으로' 앞부분을 살펴보면.

내 노동으로/ 오늘을 살자고/ 결심을 한 것이 언제인가// 머슴살이하듯이/ 바친 청춘은/ 다 무엇인가// 돌이킬 수 없는/ 젊은 날의 실수들은/ 다 무엇인가//

풍란사랑 3

김동리 찬

무슨 일이건 지고는 못 견디던
한국 문인 중의 가장 큰 욕심꾸러기
어여쁜 것 앞에서는

매일 몸살을 앓던
탐미파 중의 탐미파
신라 망한 뒤의 폐도에 떠오른
기묘하게 아름다운 무지개여!

소설가 김동리 묘비는 시인 서정주 찬시와 서예가 김충현 글씨로 세워졌다.

김동리는 지독한 '탐미주의자'였다. '인간으로서 어떻게 살 것인가.' 인간관의 본질을 구체적으로 살펴보는 것을 목적으로 하고 있다. 또 김동리는 자신이 지향하는 문학은 '문학' 그 자체로 순수해야 한다며 '문학세계'에, 삶에 대한 인간의 실존적 고민을 구체적으로 들여놓았다.

'순수문학' 논쟁 중심에 서 있던 김동리에 대해 유진오는 '문학에 있어서의 순수라는 것을 생각하기에 요새보다 더 절실할 때가 없다.'라고 비평했고. 김환태가 김동리 논리에 동조하는 글을 발표하자 다시 이원조가 반박하는 논쟁을 일으켰고, 김동석은 '순수의 정체'라는 글을 통하여 순수문학의 맹점을 지적했다.

주옥같은 작품을 남긴 현대문학의 거장 김동리金東里 본명은 김시종金始鐘이며, 아내는 첫째 부인 김월계, 둘째 부인 손소희, 셋째 부인 서영은이었다.

"첫 번째 여자에게서는 자식을, 두 번째 여자에게서는 재산을, 세 번째 여자에게서는 사랑을 얻었다."

이렇게 말한 김동리의 세 번째 부인은 두 번째 부인과 혼인 관계 중 불륜으로 만난 30세 어린 후배 작가였다. 손소희, 서영은은 김동리의 여자 이전에 제자였다.

'노벨문학상' 한국에서는 '문예운동' 이사장이 추천한다. 스웨덴 한림원에서 문의가 오면 현재 문예운동 이사장인 성기조 박사가 비밀리 작품을 선정 번역하여 한림원으로 보낸다. 한국인 처음으로 노벨문학상을 수상할 뻔 한 사람은 김동리이고 작품은 장편소설 '을화'다. 이 작품이 본선에 올라가자 전두환 정권사람들이 어떻게 해서든지 노벨문학상을 타려는 욕심으로 요란하게 개입하는 바람에 역효과가 났다. 노벨상의 계절 10월이 오면 모 시인 집 앞에 기자들이 진을 치는 진풍경이 벌어지곤 했는데 몰라도 너무 모르는 행동이었다. 한림원翰林院은 붓을 든 학자들이 숲에 모여 고담준론高談峻論을 나눈다는 의미인데, 2018년 노벨문학상은 심사위원 '미투' 사건으로 인해 수상자를 선정하지 못했다.

타오르는 사랑의 불꽃이
꺼지지 않는 탐미주의인가

죽음 앞에 서 있는 차가운 묘비가
못 다한 사랑을 한탄할 때
그대의 백골 사랑을 기억하는
내 가슴이 별 하나 간직하고 있다

석란이라고도 불리는 일반석곡이다. 돌은 종로 5가 꽃시
장 '삼성란원' 여사장이 줬다. 『풍란의 향기』 에세이 몇 권
을 전달하니 란 농장에 있는 화산석을 일부러 가져온 것이
다. 마음 씀씀이가 이런 여사장은 언제나 책을 끼고 사는
데 도서관의 특별 회원이라고 했다. 순수한 마음과 어여쁜
미모와 지식까지 겸비한 여인은 앉아있는 그 자체가 활짝
핀 풍란꽃이었다.

풍란사랑 4

정주영은 아버지 소를 끌고 가출해 대한민국 최고의 기업가가 되었고, 서정주는 아버지 돈을 들고 상경해 대한민국 최고의 시인이 되었다.

미당未堂이 마포 공덕동에 살 때다. 새해가 되고 많은 문객이 찾아와 인사드리면 앉은 채로 '왔어, 앉아'하면 그만

이었다. 하지만 구자운이 찾아오면 맨발로 대문까지 쫓아
나가 끌어안고 들어왔다. 이렇게 아름다운 사연을 뒤로하
고 나는 문학신문에 게재한 평론가 이유식 글을 발췌했다.

구자운은 시인이었다. 새로운 젊은 세대의 시인들에겐
거의 잊혀져가고 있는 이름이다. 56년도에 현대문학으로
등단해서 58년도에 제4회 현대문학상을 받아 한때 촉망받
았던 시인이다.

그런데 그만 불행한 일이 생기고 말았다. 그러다가 72
년도에 46세의 나이로 짧다면 짧은 16년이란 시단 이력을
남기고 저 세상으로 떠나고 말았으니 지금 그를 기억할만
한 사람은 분명 그렇게 많지는 않으리라.

그 불행한 일이란 다름 아닌 평지풍파와 같은 아내와의
불화사건이다. 60년대 초쯤 일이라 기억되는데 그것은 어
찌 보면 그의 얄팍한 동정심이 화근이었다. 지금 이름을
대면 천하가 다 알만한 케이 시인이 환속을 하여 서울에서
동 가숙 서 가숙 할 무렵, 친구로서 우정으로 자기 집에 기
식을 하게끔 배려해 주었는데 그것이 그만 화근이 되고 말
았다. 본인이 출근하고 나면 집에는 그와 아내만 달랑 있
다 보니 그만 서로 정을 통했던 사건이다. (중략)

그는 오척단신에다 무엇에 놀란 듯한 큰 눈을 가졌고 또
마치 영국시인 바이런이 오른쪽 다리를 절었듯이 그는 소

아마비로 왼쪽 다리를 절며 퇴근시간이면 곧 잘 광복동이나 남포등에 나타나곤 했다.

그 당시 그는 직장인 국제신보사에서 걸어서 5, 6분이면 닿을 수 있는 동광동 뒷골목 추어탕집의 이층 다다미방을 얻어 잠을 자며 매식하고 있었다.

그는 간혹 퇴근시간이면 남포동 선창가에 나가 고래 고기를 즐겨 들곤 했다. 그의 '벌거숭이 바다'란 시도 결국은 이곳에서 얻은 시상이 아닌가 싶다. 혼자 술잔을 기울이며 비 내리는 여름바다를 물끄러미 바라보고 있노라면 문득 자기 처지나 신세가 떠올랐을 것이다. 그 시는 이렇게 시작되고 있다.

비가 생선비늘처럼 얼룩진다./ 벌거숭이 바다 괴로운 이의 아픔 극약의 구름//

그렇다. 아무것도 걸치지 않고 마치 온몸으로 비를 맞고 있는 듯한 '벌거숭이 바다'는 벌거숭이인 자기 신세였을 것이고, 어쩌다 난타당한 듯한 자기의 아픔이었을 것이다. 또 바다에 비를 마구 흩뿌리고 있는 구름이야말로 마치 자기 인생에 불행을 뿌려준 극약 같다고 생각했을 것이다.

그런데 논설위원으로서 이런 부산생활도 불과 2년간이

었다. 1964년 6월에 다시 서울로 올라왔다. 그리고 결국 1972년 12월에 동대문구 면목동 전세방에서 타계하고 말았다. 아내와의 이혼에서 온 삶의 패배감과 생활의 어려움을 노상 술로 달래다 저 세상으로 간 것이다.

그는 참 선하고 착한 사람이었다. 친구 하나 잘못 둔 탓에 삶이 반쪽 나고 인생도 두 동강 났다 싶으니 애석하기 그지없다. 그 장본인은 지금도 잘 살고 있구나 싶으니 인생이야말로 정말 수수께끼투성이요. 모순 덩어리이구나 싶은 생각도 든다.

이렇게 끝맺음을 했지만 문학신문에 나오지 않은 이야기를 보태면. 불륜 사실을 남편이 알게 되자 아내는 어린 남매를 두고 가출해 죄책감을 못 이겨 극약을 먹고 자살 했는데, 가출한지 이십여 일만에 어느 여관방에서 변시체로 발견되었다. 훗날, 구자운이 죽자 그 장본인 ㄱㅇ이 찾아와 커다란 자배기에 막걸리를 가득 따라놓고 숟가락으로 양재기를 두드리며 반야심경을 읊조렸다. 이렇게 기막힌 '생과 사'의 인간 풍경을 연출한 그는 근래에도 '미투' 사건을 일으켜 세상을 또 한 번 더럽혔다.

얼마나 슬퍼야 비극이라 할까
시체는 윗목에 싸늘히 누워있는데

그는 아랫목에 주저앉아
천연덕스럽게 염불을 외웠다
아픈 매를 들고 쫓아오는 세월을 피해
변두리를 전전하던 고통
이별에게는 한 줌 처방약도 소용없었다
바람만 불어도 가슴이 젖는 것은
죽음을 창조한 그가 살아있기 때문이다

일반소엽충란이다. 돌은 용산구자연보호협회에서 남한
강 청소하러갔을 때 반기문 유엔사무총장의 사촌 여동생
반현숙 충주문화해설사가 '먹돌'이라고 하면서 줬다. 옥상
에서 오랫동안 굴러다녔는데 작년 여름에서야 겨우 조그
만 풍란을 붙였다. 뿌리가 제대로 내리기 전 겨울이 찾아
와 혹독한 시간을 보내야 했다.

풍란사랑 5

"찔레꽃 붉게 피는 남쪽나라 내 고향"
박난아의 노래 찔레꽃이다. 찔레꽃은 가시가 달려서 찔
린다고 찔레꽃이란 이름을 가졌다. 찔레꽃은 하얗게 피는
데 어째서 노래는 붉게 핀다고 했을까. 옛날에는 넝쿨장미
도 찔레꽃으로 불렸다.

시인 구상이 폐 절단수술을 받고 입원해있는데, 다른 사람들은 대부분 다녀갔지만 절친 중의 절친 화가 이중섭만 오지 않았다. 기다리는 사람이 오지 않자 구상은 더욱 섭섭해 했다. 나중에는 이 사람에게 무슨 일이 생기지나 않았나하는 걱정까지 들었다. 이럴 쯤 뒤늦게 이중섭이 찾아왔다.

"자네한테 정말 미안하게 됐네. 빈손으로 올 수가 없어서."

이중섭은 과일 하나 사올 돈이 없어서 천도복숭아를 그림으로 그려왔다.

죽음의 굴레에서 자유로울 수 없는 것이 숙명이다. 젊은 날을 보내고, 늙어서 돌아보니 나는 간데없고 메마른 풀잎처럼 세월에 찌든 노인 하나가 앉아있다. 한평생 졸라맨 허리띠 자국이 살을 파고들어 이제는 숨쉬기조차 힘겨운 노인, 황혼고개에서 얼마나 더 뒹굴어야 젊은 기억이 모두 지워질까.

"마음의 평화가 진정한 평화다."

일체의 고뇌를 당장에 끊으면 개운할 것이라고 말하면서도 고뇌가 끊어지는 죽음을 사람들은 두려워한다. 또 죽음이 진정한 삶의 완성이라고 말하면서도 영원히 살 것처럼 행동한다. 그리고 우러러보는 신의 전능을 알면서도 신처럼 되기를 원한다.

"사랑과 지옥은 연결되어있다."

목소리 없는 빛깔로, 존재감 없는 향기로 자신을 내보이는 풍란의 삶은 단순한 순리다. 사람들은 열 번 잘하다 한 번 잘못하면, 잘못한 것만 붙잡고 두고두고 서운하다고 말한다. 한 사랑에 만족하지 못할 때가 곧 지옥이다.

"여자는 살며 세 번 칼을 간다. 남자친구 바람피울 때 갈고, 남편 바람피울 때 갈고, 사위 바람피울 때 간다."

하루해가 저물 때 노을은 오히려 아름답다. 더러운 거름이 많은 땅에서 초목이 잘 자란다. 마음을 열고 용서할 수 있다면 좋겠지만, 용서가 안 되면 차라리 무심해 버리자.

친구는 많을수록 좋지만 참다운 친구는 그리 많지 않다. 사람 냄새가 나는 친구는 더 더욱 많지 않다. 후회 없는 인생에서 가장 중요한 것이 건강이고, 세상에서 가장 어려운 일이 인간관계인데 존중과 배려로 유지해야 한다.

찔레꽃은 저 혼자 시들 뿐
지나간 일은 말하지 않는다
저 하늘, 신의 거룩한 뜻은
오직 용서하는 마음 하나다
잠을 잊고 뒤척이는 달밤에

잠시 풀벌레울음을 듣는다

소엽풍란 아마미다. 돌은 오래 전 경기도 장흥 가는 길 하천에서 주워왔다. 반달 모양의 돌이 풍란 붙이기에 적합해서 기꺼이 들고 왔는데, 무슨 이유인지 붙이는 풍란마다 잘 자라주지 않았다. '정성이 부족한 게 틀림없어.' 시루떡을 찌고 막걸리를 따라놓고 고사라도 지내야 할 것 같다.

풍란사랑 6

"인생에서 가장 아름다운 만추가 70대다."

세월에는 신호등이 없다. 고단한 일 잠시 멈추고 쉬어보면 쉬는 시간에도 늙는다. 우리도 신호등 앞의 자동차처럼 공회전을 했기 때문이다.

'내 나이가 어때서' 그건 유행가 가사일 뿐이다. 이미 흘

러간 세월 속의 나이를 세어보는 모습이 눈에 선하다. '왕
년에' 이 말은 나는 이미 늙었다는 독백이다.

살며 무엇을 남겨야 후회 없는 인생이 될까. 겨울로 들어
서기 전인 만추의 나이에서 자신이 가장 잘하는 재주를 완
성시키고 작품으로 남겨야 한다.

'세기의 사랑' 영국의 비틀즈 멤버 존 윈스턴 레논과 일본
의 전위예술가 오노 요코는 1966년 런던 인디카 갤러리에
서 처음 만나 사랑에 빠졌고 1969년 결혼했다. 두 사람은
이미 자녀와 배우자가 있는 상태였다. 그리고 오노 요코는
존 레논보다 일곱 살 연상의 여자였으며 이번이 세 번째 재
혼이다.

대중음악사상 가장 성공한 밴드이자 가장 영향력 있는 록
밴드 '비틀즈' 창립멤버 존 레논은 1940년 10월 9일 영국
리버풀에서 태어나 1980년 12월 8일 10시 50분 미국 뉴욕
자신이 살고 있는 고급 주택 다코타 빌딩 입구에서 사망했
는데 향년 40세였다. 그는 학생 때 학교에서 가장 불량한
학생이었지만 언제나 문학을 읽는 학생이기도 했다.

'세기의 죽음' 제롬 데이비드 샐린저의 대표작 소설 『호
밀밭의 파수꾼』을 들고 권총 4발을 발사한 마크 채프먼은
'존 레논이 매우 유명했기 때문에 암살했다. 악명이 영광을
가져다준다.'고 말했다. 그는 당시 소설 속 주인공 홀든 콜

필드의 외로움에 공감하고 있었다.

사랑과 슬픔은 서로 손잡고 있다. 12월 14일 전 세계가 10분간 묵념할 때 아내 오노 요코가 팬들에게 메시지를 전했다.

"눈물로 기도하는 여러분께 축복 있으리, 존은 하늘에서 미소 짓나니, 설움도 어느새 맑은 빛 되어, 우리 모두가 한 마음 되네."

세기의 사랑과 세기의 죽음 중심에 서 있던 오노 요코는 1933년 2월 18일 일본 도쿄에서 태어났다. 배우자는 이치 아나기 도시(1956~1962), 토니 콕스(1963~1969), 존 레논(1969~1980), 샘 허배토이(1981~2001)였다. 열정은 나이를 먹지 않는다고 했지만, 늘 멋진 영혼을 가졌던 그녀도 현재는 노인성 치매로 빛을 잃고 말았다.

물결이 눈웃음치며 흘러도
세월 속에는 정지신호가 없다
죽는 날까지 움켜쥐고 있는
한 장의 지폐에도 번호가 있지만
죽음의 순서에는 번호가 없다
결국 영웅도 피를 쏟으며 떠났다

소엽풍란 아마미다. 언젠가 임진강에서 탐석한 모자 닮은 돌이다. 지난겨울문턱에서 작은 풍란을 붙였는데 그만 성장을 멈췄다. 식물도 이식하는 시기가 있다. 그 계절을 무시하고 옮겨 심으면 대부분 커다란 고통을 겪는다. 나의 무분별한 고집이 풍란의 여린 가슴을 찬비에 젖게 했다.

풍란사랑 7

　나폴레옹 보나파르트는 프랑스 제1공화국 황제였다. 나폴레옹에게 세 명의 여인이 있었는데 첫 번째 여인이 조세핀 드 보아르네였다. 그녀는 나폴레옹보다 여섯 살 많았고 이미 남매를 두고 있었다. 남편이 프랑스 혁명 중 반혁명 분자로 낙인찍혀 단두대에서 처형되자 총재정부 주역 폴 프랑수아 바라스의 정부情婦로 살면서 나폴레옹에게 의도적으로 접근해 육체적 관능미로 젊은 나폴레옹을 사로잡았다.

"아침에 눈을 뜬 순간 내 생각은 당신으로 가득하오. 나를 사랑에 취하도록 만든 당신과의 어제 저녁은 나의 모든 감각을 혼란스럽게 하오."

1795년 12월 조세핀에게 보낸 나폴레옹의 편지 앞부분이다. 이 편지를 보낸 나폴레옹은 '너와 나 링' 반지로 청혼을 하고, 오스트리아 원정 전날인 1796년 3월 9일 조세핀을 이끌고 시장실로 가서 자고 있는 시장을 억지로 깨워 자신의 나이는 두 살 올리고 조세핀 나이는 네 살 내려 혼인서약을 했다.

하지만 조세핀은 나폴레옹이 풍류를 모르는 시시한 남자로 여기고 몰래 애인을 만들어 반복해 불륜을 저질렀다. 나폴레옹이 이집트 원장 중에도 조세핀은 기병 대위 아폴리트 샤를과 불륜을 이어갔다. 이 일을 눈치 챈 나폴레옹이 이혼하려 했지만 조세핀은 자신만이 갖고 있는 특유의 눈물호소로 나폴레옹이 자신을 더욱 사랑하게 만들었다.

1804년 12월 2일 파리 노트르담성당에서 열린 호화로운 대관식에서 나폴레옹과 조세핀은 왕제와 황후의 자리에 올랐다. 나폴레옹이 조세핀을 사랑했음에도 '황제위를 물려줄 아들을 얻을 가능성이 없다.'고 가족과 각료들의 압박에 결국 1809년 이혼하고 말았다.

1911년 자연을 동경해 왔던 조세핀의 요청으로 수확의 여신인 케레스와 풍요의 의미를 가진 '밀 이삭 티아라'를 쇼메가 만들었는데, 기품의 상징인 권력의 패션을 완벽하게 재창조하였다. 티아라는 교황관을 부르는 라틴어이고, 보석으로 장식된 반원형 띠로 여성들이 머리 위에 얹는 일종의 머리장식이다. 왕관, 크라운은 원형베이스가 있고 머리 전체를 덮는 반면, 티아라는 반원형베이스가 있고 머리 앞부분만 덮는다.

조용하고 슬픈 음악을 좋아했던 나폴레옹은 프랑스인으로서는 특별나게 이탈리아 오페라를 선호했다. 나폴레옹을 추종하는 음악가들은 존경과 충성심을 표현하는 승전, 결혼, 즉위, 득남, 재혼 등 개인적 또는 공적인 경사에 맞춰 작품을 헌정했다. 루트비히 판 베토벤도 나폴레옹이 자유, 평등, 박애라는 '프랑스 혁명'의 이상을 실현 시켜줄 것이라고 믿고 '보나파르트 나폴레옹' 곡을 만들었다가 나폴레옹이 스스로 황제가 되자 이에 실망한 베토벤은 '영웅'으로 제목을 바꿨다.

"조심하시오, 조세핀. 어느 아름다운 밤, 문이 부서져 열리면 그곳에 내가 서 있을 테니. 나는 진실로 걱정하고 있습니다. 내 사랑 당신에게서 어떤 소식도 듣지 못하고 있어요. 내게 빨리 내 마음을 감성과 기쁨으로 채울 네 페이지의 편지를 보내주시오. 되도록 빨리 당신을 내 팔로 안고 싶소. 그리고 적도의 태양처럼 불타오르는 백만 번의 키스를 퍼붓고 싶습니다."

나폴레옹이 자신의 최초 여자 조세핀에게 보낸 또 다른 편지의 마지막 부분이지만 조세핀은 황비가 된 후에도 정숙하지 못했다. 나폴레옹이란 이름은 이탈리어로 '황야의 사자'다. 나폴레옹이 성난 사자처럼 전쟁터에서 목숨을 걸고 전쟁하는 동안에도 조세핀은 젊은 남자들을 끌어들여 바람을 피웠다.

나폴레옹은 언제나 책을 품고 다니며 정독했다. 그에게 가장 큰 영향을 준 책은 『플루타르크 영웅전』이었다. 나폴레옹은 말 위에서도 책을 읽었고 전쟁 중에는 도서수레를 끌고 다니며 읽었다. 괴테의 희극 파우스트는 네 차례나 읽었다.

장미를 무척 좋아했던 그녀, 늘 치즈향기를 풍기며 살았던 조세핀은 1814년 5월 29일 50세 나이로 장미꽃이 가득한 파리서쪽 뤼에유 말메종 궁에서 폐렴으로 사망했고, 나폴레옹은 유배지인 영국령 세인트헬레나 섬에서 1821년 5월 5일 식음을 전폐하다 51세 나이로 사망했다. 평소 나폴레옹에게는 세 가지 열등감이 있었다. 식민지 섬이 고향인 것과 키 작은 것과 왜소한 성기가 그것이다.

우리는 나폴레옹을 '세기의 영웅'으로 평가하지만 정작 프랑스에서는 전쟁광으로 치부되어 다시는 이 땅에 나폴레옹 같은 사람이 나타나지 않도록 법률로 정해놓았다. 그것은 전쟁을 일으켜 무수한 젊은이를 전쟁터로 끌고 가 전사시켰기 때문이다. 이런 탓에 농사지을 남자들이 없어 홀로 남겨진 여자들은 너무나도 많은 고통을 받으며 살았다.

어떤 애정이 사랑을 질식시킬까
조세핀, 씻지 말고 기다려주오
나는 그대 몸에 쿰쿰하게 배어있는
카망베르* 냄새를 좋아한다오
폭풍을 헤쳐 온 젊은 날의 기억처럼

*카망베르: 프랑스 노르망디지방 카망베르에서 만든 치즈

소엽풍란 금루각이다. 작년 가을에 다른 돌에 붙어 살던 것을 옮겼는데 생육상태가 부실하다. 돌은 만해마을 개관식에 참석하였을 때 바로 앞 강변에서 가져왔다. 이날 세미나에서 임모교수가 '김영삼 세계화'를 문학주제와 상관없이

강하게 비판했던 것과, 바람 한 점 없는 밤하늘에 쏘아올린 폭죽이 터져 '한여름 밤의 꿈' 불꽃이 쏟아져 내리던 장면이 오늘 아침 일처럼 기억 속에 생생하게 남아있다.

풍란사랑 8

벌써 고전이 되었는가. 시 낭송을 잘하는 여류시인이 있었다. 몸집이 아담하고 성격 또한 쾌활하여 뭇 남성이 그녀 뒤꽁무니를 졸졸 따라다녔다. 참새 같은 여인이 인사동에 나타날 때면 어떻게 알았는지 남자문인들이 진을 치고 기다렸다. 그녀는 어느새 인사동이라는 꿀벌통의 작은 여

왕벌이 되어있었다.

식을 줄 모르는 인기에, 일상 비용을 책임지겠다는 남자들이 그녀 앞에 줄줄이 섰다. 이런 남자들을 휘어잡고 싶은 욕망이 그녀를 이혼까지 연결시켜주었다. 그녀가 이혼했다는 말이 인사동바닥에 순식간에 돌았다. '앗, 뜨거워라.' 이혼한 그녀가 인사동에 나타나자 남자들은 바쁘다는 핑계로 하나같이 꽁무니를 사렸다.

얼마 후 그녀는 집으로 돌아갔다. 그리고 호적을 정정하여 다시 부부관계를 회복했다. 사내들의 속물근성을 어렴풋이나마 깨우쳤으리라.

임아, 물을 건너지 마오. 임은 그예 물을 건넜네. 물에 쓸려 돌아가시니, 가신 임을 어이할꼬.

고전으로 전해오는 가사 중 가장 오래 된 공무도하가公無渡河歌다.

청천강의 한 어부가 아침에 낡은 고깃배를 손질하고 있는데, 한 노인이 흰머리를 풀어헤치고 호리병을 들고 어지러이 강물 깊은 곳으로 빠져들고 있었다. 뒤이어 좇아온 아낙이 '제발 물에는 들어가지 마오, 나는 어떡하라고.' 소리쳤지만 그 노인은 기어이 물속으로 들어가고 말았다.

어부가 집으로 와서 이 슬픈 광경을 아내에게 전했더니, 아내 여옥麗玉은 즉석에서 공후를 타며 눈물로 노래를 불렀다. 그리고 여옥의 노래는 공무도하가가 되어 아리랑처럼 구전으로 내려왔다.

고려시대 중국사신이 개경으로 오면서 백성들이 부르는 슬픈 노래를 여러 번 들었다. 중국사신이 이 노래가 무엇이냐고 물었더니 주위사람들은 한결 같이 공무도하가라고 말했다. 공무를 마치고 중국으로 돌아간 사신은 이 노래를 조정에 알리고 가사를 기록해놓았다.

"야, 한국 놈들아 우리는 기록이 있다. 너희 거라면 증거를 대라."

지금에 와서 '공무도하가'가 자신의 것이라고 오랑캐 되놈들이 큰소리쳐도 우리에게는 기록이 없다. 작품은 작가 자신이 살았던 당대의 현실을 반영한 것이다. 그래서 작가의 생애, 사상, 시대적 배경 등을 기록해 놓는 것이 필수적인 요소다.

공무도하가의 슬픈 사연은 흰머리노인과 젊은 아낙간의 부부싸움으로부터 시작된 것이고, 공후는 서역계의 악기로 중국을 통해 들어왔다. 지금의 하프와 비슷한 모양인데 언제 들어왔는지는 아무도 모른다.

내 사랑의 노래에는
슬프고 어지러운 것만 있다오
꽃처럼 바라보던 사내들의 눈빛도
기어이 물속으로 빠져든 노인도
눈물 흐르는 여옥의 공후소리라오
현실의 강을 건너 간 지금도
부질없이 그 사연을 듣고 있다오

소엽풍란 설국이다. 돌은 용산구 원효로 4가에 있는 삼삼 이삿짐 사무실 주차장 앞 전주 곁에 있는 화분에서 발견했다. '버리는 년과 줍는 여자' 자고 나면 전주 주변에 쓰레기가 쌓였다. 참다못한 차홍산 대표가 전주와 담벼락 사이를 그물로 빙빙 둘러쳤지만 소용없었다. 쓰레기는 여전히 그물 곁에 쌓여서 그물 친 마음을 비웃었다. 그러자 이번에는 화분을 동원해 전주와 담벼락까지 촘촘하게 놓고, 호박, 오이, 고추, 가지 같은 작물과 봉선화 금잔화 국화 등의 꽃을 심었다. 차마 꽃밭에는 쓰레기를 버릴 수가 없었는지 그때부터 버려지는 쓰레기가 부쩍 줄었다.

풍란사랑 9

"얘야, 막걸리 한 주전자 받아오너라."

우리나라에서 가장 오래된 술이 막걸리다. 고려시대 서적 『제왕운기』에 유화가 해모수가 준 술에 취해 결국 주몽을 잉태하였다는 이야기가 있다.

막걸리 이름은 맑은 술 청주를 뜨고 남은 술과 술지게미에 물을 섞은 다음 막 걸러 바로 마셨다고 해서 붙여진 이름이다. 막걸리는 체에서 떨어지는 술을 받은 것이라, 막걸리는 사온다고 하지 않고 받아온다고 한다.

막걸리병뚜껑이 흰색이면 국내산 쌀로, 병뚜껑이 녹색이면 수입쌀로 주조한 것인데, 근대문화유산으로 지정된 양평의 지평양조장은 1925년에 세워졌다. 또 '박정희 막걸리'로 유명해진 술은 고양의 배다리 막걸리다.

"저 놈이 날 죽였다."

김관식은 죽기 직전 홍은동 산동네 무허가 판잣집 안방 천장에 매달아놓은 찌그러진 술 주전자를 보며 중얼거렸다. 1961년 7월 민의원선거 용산 갑 구에 출마했다가 낙선한 직후 '나라 땅이 백성 땅인데 시유지 국유지가 어디 있느냐.'며 홍은동 시유지 600평을 무단 점거해 어려운 문인들을 불러 모아 함께 10년을 살았다.

시인 김관식의 아내는 미당 서정주 처제로 자신보다 네 살 연상의 방옥례다. 요조숙녀 은행원 방옥례가 김관식의 구애를 받아들이지 않자 김관식은 방옥례 고향 곳곳에 '방옥례는 김관식 여자다'는 방을 써 붙여놓았다. 결국 1954년 1월 1일 최남선 주례로 혼인했는데 김관식은 20세 방옥례는 24세였다.

산에가 살래/ 팥 밭을 일궈 곡식도 심구고/ 질그릇이나 구워먹고/ 가끔, 날씨 청명하면 동해에 나가/ 물고기 몇 놈 데리고 오고/ 작록爵祿도 싫으니 산에 가 살래//

김관식의 시 거산호居山好 1이다. 여기서 작록은 큰 인물이 될 사람은 월급을 많이 받지 않음을 부끄러워하는 것이 아니라, 지식이 넓지 않음을 부끄러워한다는 뜻을 가진 관작官爵과 봉록俸祿을 말한다.

세상에서 가장 사랑했던 술로 인해 간과 폐와 위가 만신창이 된 김관식이 1970년 8월 30일 타계했는데 고작 37세였다. 이 짧은 인생 속에 너무나도 많은 기행과 일화를 남긴 천재시인 김관식 몸에는 인간 특유의 체취가 배어있었다.

술은 알코올 성분이 있어 마시면 취하는 음료다. 술은 제사 때와 주연에 쓰인다. 주酒자는 물 수水와 닭 유酉가 결합한 모습인데 유자는 술병을 그린 것이다.

통금이 있던 시절, 술이 거나해진 청록파 시인 조지훈이 파출소 앞을 숨어가다 경찰에게 걸렸다.

"누구냐?"

"나는 개다."

조지훈은 그 자리에 납작 엎드려 경찰이 보내줄 때까지 개 시늉을 했다. 그 시절에는 이렇게 낭만파 기인들이 많아 세상이 거칠지가 않았다.

몸과 마음이 문드러진
술지게미 같은 생을 살아도
진정 비굴하지 않았다
회 포대 종이를 바른 벽과 바닥
이미 찌그러진 막걸리주전자
밀가루 자루를 꿰맨 이불
이것들이 텃밭에 자라는 시였다

소엽풍란 아마미다. 돌은 임진강 산인데 10여 년을 살던 풍란을 떼어내 다른 돌에 옮기고 작년 늦여름에 새로 두 촉을 붙였다. 풍란도 오래되면 뿌리가 썩고, 뿌리가 썩으면 제대로 착상하지 못한다. 이때는 풍란을 돌에서 떼어내 돌은 깨끗이 씻고 뿌리는 세심히 다듬어 다시 붙여주는 것이 좋다. 빛과 바람을 좋아하는 풍란은 뿌리가 튼튼해야 잘 자란다.

풍란사랑 10

'원두막' 장 씨가 라디오 심야방송을 들으며 참외밭을 쳐
다보니 밭 끄트머리 후미진 곳에서 소복귀신이 사라지고
있었다. '요즘 세상에도 귀신이 있는가.' 아침이 되고, 장
씨는 귀신이 사라진 곳으로 갔다. 참외 몇 개가 없어졌다.
　장 씨는 그날 밤부터 귀신이 나타난 곳을 집중 경계했다.

하루가 지나고 이틀이 지나도 나타나지 않는 귀신, 삼 일째 되던 날 소복한 귀신의 모습을 달빛이 비춰주었다. 장 씨는 숨죽여 참외밭을 멀리 돌아 귀신이 돌아갈 길로 들어섰다. 그 순간 참외밭에서 막나오던 귀신과 마주쳤다. 귀신은 장 씨를 보고 크게 놀라 그 자리에 털썩 주저앉았다.

원두막 밝은 호롱불 아래서 장 씨가 검은머리 풀어헤친 소복귀신에게 나직하게 물었다.

"여자 몸으로 왜 이런 짓을 하오."

"애들이 배고파서요."

"남편은 어디가고요."

"작년에 죽었어요."

"기왕 딴 참외니 가지고 가세요."

그렇구나, 동네삼촌이라고 불리던 그 사람 여편네였구나. 동네 인심이 그게 아니데 어째서 모두가 그렇게도 무심하게 지냈을까. 장사만 지내주면 모든 게 끝인 줄 알았는데 산목숨이 남아있구나. 다음 날 이른 아침 장 씨는 쌀 한 말을 아무도 모르게 그 여자의 외딴집 좁은 봉당 위에 올려놓았다.

이슥한 밤 원두막으로 여자가 찾아왔다.

"쌀 주신 거 다 알아요. 저는 드릴 게 마음밖에 없어요."

여자가 장 씨 곁에 누웠다. 분 냄새가 풀냄새에 섞여 코를 간지럽게 건드렸다. 호롱불이 눈을 동그랗게 뜨고 바라보았다. 이 세상에 열 여자 싫어하는 사내 없었다.

홀로 적적하다 싶으면 그 여인은 귀신같이 알고 찾아왔다. 어느 날은 서쪽하늘에 초승달이 칼처럼 꽂혀있는 데도 원두막을 사랑막으로 만들어 주었다.

성환면 중리에서 일어난 일인데 장 씨도 그 여인도 벌써 저승가고 지금은 아무도 없다. 한여름 밤의 사랑을 간직한 참외밭은 주택이 들어서 흔적조차 찾을 수 없다. 이 사연을 소상히 내려다본 달은 아직도 말이 없다.

우리 사는 세상 뒤에는
외로움을 덜어내도 외로운
그런 사람들이 많다
전생의 인연을 만나 놀란 가슴이
개구리참외 속살 같은
노을빛으로 물들었는데
기우는 달은 이 밤도 말이 없다

소엽풍란 금루각이다. 돌은 2022년 3월 27일 처음부터 성환에 자리 잡고 사는 여동생 집에서 가져왔다. 돌을 들고 생각하니 내가 고향을 떠난 지가 어느새 40년이 훌쩍 넘었다. 전철이 닿는 곳인데도 왜 자주 다녀갈 수가 없었는지 암만 생각해도 모르겠다.

성환成歡은 청일전쟁 첫 전투가 벌어진 곳이다. 일본제국 시대에는 일본군이 주둔했고, 한국전쟁 후에는 한국군과 미군이 주둔했다. 이후 미군은 평택으로 이전했고, 아직도 한국군의 큰 부대가 포진하고 있는 군사지역이다.

'기쁨을 이룬다.'는 뜻을 가진 이름이 성환인데 '남자와 여자의 결합'이라는 의미도 가지고 있다. '마땅히 무엇인가를 거둬 기쁨에 이른다.'는 이름에 걸맞게 쌀, 참외, 배가 많이 생산된다. 이 때문인지 이미 조선시대에도 주위의 역참 10여 개를 관장하는 종6품 관원 찰방이 성환 역참에 기거했다. 성환 역참자리는 전 제민고등공민학교(현 동성중학교 전신)가 있던 안성환인데 거기에는 몇 백 년 묵은 장엄한 둥구나무 두 그루가 있었다. 처음에는 세 그루였는데 한 그루가 육이오전쟁 때 폭격 당해 죽었다고 했다. 해마다 딱따구리가 떼로 몰려와 둥지 틀고 살았던, 마땅히 보호수로 지정되어야 할 거목 느티나무가 베어지고 지금은 택지로 변했다. 전에는 사금 산지로 유명했지만 지금은 원자핵 자원인 모나자이트, 지르콘 등이 매장되어 있다는 것이 밝혀졌다. 성환에서 태어나, 성환의 모든 사료를 발굴하고 보존하는 데 한 몸을 사르고 있는 천안시 서북구문화원 신광식 사무국장에게 새삼 고마움을 전한다.

2부

풍란세상

풍란세상 1

'학우선'은 천재 지략가 제갈공명이 자신이 분신처럼 가지고 다니는 부채인데 그의 아내가 만들어 준 것이다.

'세상 돌아가는 형세' 통치자들이 천하대사를 논의 할 때 황승언이 말했다.

"나에게 추한 딸이 있는데, 재능은 그대의 배필이 될 만하다.”

혼인한 첫날밤, 부인 황 씨가 너무 못생겨 방을 나가려고 하자 신부가 공명의 옷깃을 잡아당기는 바람에 옷깃이 뜯어졌다. 이때 황 씨가 공명의 옷을 기워주는데 그 모습이 돗바늘로 듬성듬성 꿰매는 것 같았다. 공명은 그런 부인이 더욱 밉게 보여 신방을 나서서 그 집을 벗어나려고 했지만 아무리 애써도 집 마당 안에서 뱅뱅 돌 뿐이었다. 이런 일을 예견한 황승언의 딸 황월영이 결혼 전에 집 구조를 혼미하게 꾸며놓았기 때문이었다. 새벽이 되자 마당에 나온 장인 보기가 민망해 공명은 다시 신방으로 들어갔다. 날이 밝고 바느질한 옷을 자세히 살펴보니 옷 짓는 장인이 바느질한 것보다 훨씬 고왔다. 재능뿐만 아니라 모르는 것이 없었고, 상냥하면서 사람 됨됨이가 훌륭해 공명이 승상자리에 오르는데 큰 힘이 되었다.

‘제갈량처럼 신부를 고르지 마라. 황승언의 못난 딸을 얻을 것이니.’ 이런 속담을 만들어내게 한 장본인 황 씨가 어느 날 공명에게 말하는데,

“유비에 대해 말할 때는 표정이 환했고, 조조에 대해 말할 때는 미간을 찌푸렸고, 손권에 대해 말할 때는 고뇌에 잠긴 모습이었습니다. 큰일을 도모하려면 감정을 드러내지 말고 침착해야 합니다. 그러니 지금부터 감정이 동할

때는 이 부채로 얼굴을 가리세요.”

깃털로 이루어진 부채는
바람만 불게 하는 것이 아니다
가슴 속에서 끓는 심사와
얼어붙은 얼굴표정을 가려주기도 한다
목우를 만들어 낸 여인의 지혜가
또 다른 전쟁을 승리로 이끌었을 때
잠시지만 삼국지는 고요했다

소엽풍란 아마미다. 돌은 2022년 3월 28일 청평댐 근처 숙이네 청국장 집에 갔을 때 김희제 선생이 '호피석'이라며 선물로 줬다. 유비와 제갈 량을 비유한 데서 비롯된 수어지교水魚之交는 서예가 김 선생이 자주 쓰는 글인데, 물과 물고기의 사귐이라는 뜻이다.

유비와 제갈 량 사이가 날이 갈수록 친밀하여지는 것을 관우와 장비가 불평하자, 유비가 이들을 불러 말했다.

“나에게 공명이 있다는 것은 고기가 물을 가진 것과 마찬가지다.”

풍란세상 2

반도^{半島}는 땅의 한 면이 대륙에 연결되어있고 삼 면은
바다를 향해 돌출된 육지를 말한다. 어원은 일본이 서구
근대화 과정에서, 라틴어와 독일어 등 서구어를 번역하면
서 만들어낸 한자어다.

한반도^{韓半島}는 일본은 온전한 섬인데 조선은 반만 섬으

로 된 나라라고, 불완전한 섬, 반섬으로 일본이 표기한 것이다.

조선은 1945년 해방되었으나 미국과 소련의 분할점령으로 이념을 달리한 두 개의 정부가 수립되었고, 육이오전쟁 발발 후 휴전선을 기준으로 남쪽은 자유대한민국 북쪽은 조선민주주의인민공화국 이렇게 두 개의 나라가 되고 말았다. 따라서 대한민국은 반도가 아닌 '섬 아닌 섬' 온전한 섬이 되고 말았다.

'곶'이라는 순수 우리말이 있는데도 고성반도, 고흥반도, 여수반도, 변산반도, 태안반도, 옹진반도라고 우리는 거리낌 없이 사용하고 있다.

지구 곳곳에는 수많은 반도가 있다. 하지만 그 나라의 당사자는 반도라는 말을 쓰지 않는다. 더 더욱 반도인半島人이라는 말은 아예 없는 말처럼 쓰지 않는다.

몽금포타령은 9절까지 있는데 1절을 소개하면,

"장산곶 마루에 북소리 나더니 금일도 삼봉에 님 만나보겠네."

아직도 우리는 일본이 만들어 낸 용어들을 그대로 사용하고 있다. 문학용어, 의학용어, 과학용어, 정치용어 등, 어원이 일본이라고 사용하지 않으면 당장 우리는 아무것도 할 수가 없다. 일본은 일찍이 많은 학자들을 서구 유럽으로 유학 보내 발전된 서구 문명을 배워왔다. 그리고 수많은 학자들이 모여 많은 시간과 많은 경비를 들여 서구어를 한자음을 활용해 일본어로 바꿨다. 굳이 일본이 만들어낸 문학용어 하나만 소개한다면, 낭만주의浪漫主義에서 낭만은 물결 낭과 질펀한 만을 쓰는데, '물결이 일어 넘쳐흐른다.'는 뜻이다. 얼마나 멋진 말인가. 이렇게 우리는 아무 힘 안들이고 일본이 힘겹게 개척한 용어를 마음대로 갖다 쓰고 있다.

씀바귀 꽃

박선영

바람 불면 손끝이 떨려오는
생각하면 가슴이 미어지는 꽃

시끄러운 세상길에서
누군가는 앙증맞다 말했지만

소태 같은 시절을 간직하고
풀숲에 숨어 피는 씀바귀 꽃

화폭에서 밀려난 너를 꺾어
내 마음 순박한 화병에 꽂으면

쓰디쓴 나물로 버무려져 오른
할아버지의 소반이 생각난다

소엽풍란 정지송이다. 돌은 청하문학에서 10여 년을 함
께 활동한 박선영 시인이 줬다. 오래전 강원도 인제로 물
놀이 갔는데 어린 손자가 들고 왔다고 했다. 동인이자 문
우인 박시인은 수 년 동안 추우나 더우나 태극기 들고 공
산주의 문 정권에 악착같이 대항한 아스팔트 동지이기도
하다. 시집으로는 『기억으로 흐르는 강』, 『이런 날은』, 『어
머니의 강』이 있으며, 현재 네 번째 시집 발간 중이다. 중
견시인으로 어머니에 대한 그리움, 가족에 대한 애틋함,
하나님에 대한 믿음을 밀물지게 써내려가는 잔잔한 문체
가 가슴에 와 닿는다. 진정 문운을 빈다.

풍란세상 3

    수십 년간 치열한 이념 대결을 벌였던 장 폴 사르트르가 좌파의 대부라면 우파 대부는 레이몽 아롱이다. 20세기 프랑스 지성계智性界를 언급하면 빠지지 않고 등장하는 인물이다. 이 두 사람은 프랑스 최고 명문 고등사범학교 동기생이자 반反나치 레지스탕스 동지였다.

"남한 괴뢰도당이 북한을 침략했다."

1950년 6월 25일 한국전쟁이 발발하자 사르트르는 프랑스공산당 주장을 여과 없이 대변했다. 그러나 아롱은 종군기자로 한국전쟁에 뛰어들어 '르 휘가로' 칼럼을 통해 현실을 가감 없이 전달했다.

"한국전쟁은 소련 공산당의 사주를 받은 김일성의 남침이며, 북한이 남한을 침략한 것은 제2차 세계대전 이후 가장 중대한 사건이다."

북한에 의한 남침이 사실로 밝혀지지 사르트르는 또 다시 극좌파 주장에 동조했다.

"남한과 미국이 남침을 유도했고, 한국전쟁은 한반도 통일전쟁이다."

그러자 좌파가 주도하는 프랑스 지성계는 남침을 주장하는 아롱을 '미 제국주의 주구走狗다.'라며 매도했다. 이런 분위기 속에서 아롱은 자신의 소신을 더욱 분명하게 밝혔지만 우파 지식인들은 좌파의 낙인찍기에 지레 겁을 먹고 침묵하는 비겁함을 보였다.

'지식인의 아편' 좌파가 지배하는 시기에 아롱이 발간한 책이다. 마르크스의 '공산당 선언'에서 종교를 지식인의 아편이라고 말한 것을 받아친 것이다. 당시 아롱의 이러한 주장은 대단히 용기 있는 행동이었다. 이 책은 공산주의에 동조하고, 민중에게 거짓선전, 거짓선동을 일삼는 현실을 개탄했다.

"역사적 변증법에 의해 필연적으로 도래 하는 무산계급의 시대가 억압된 자들을 해방시킨다. 이런 공산주의 이론은 사이비 종교와 같다. 절대성을 강조하고 오류를 인정하지 않는 사상은 민중을 고난으로 이끌 뿐이다."

"분열의 원인은 하나다. 소련이나 공산주의에 어떤 태도를 취하느냐에 따라 친구나 동지, 형제간에도 영원한 작별을 고하게 된다. 거대한 수용소 국가로 전락한 소련의 모습이 이를 대변한다."

그 후 사르트르는 프랑스 사회에서 파문당했고, 아롱은 21세기 프랑스 국민 사부로 추대되었다. 카뮈가 요절하자 바통을 이어받은 아롱은 마르크스주의의 치명적 결함이 거대한 소련을 침몰시킬 것이라고 예언했다.

"능력 따라 일하고, 욕망 따라 배급받는다는 선전은 유토피아에 불과하다. 이런 허구에 몰입할수록 모두가 가난한 세상으로 전락할 가능성이 높다."

아롱의 사상을 21세기에 꽃 피운 사람이 바로 지금 제25대 프랑스 대통령 에마뉘엘 마크롱이다. 좌파의 몰락이 프랑스를 더욱 프랑스답게 만들고 있다.

1946년 사르트르가 창간한 좌파신문 리베라시옹(해방일

보)이 2017년 7월 2일 대국민 사과를 했다.
"공산주의해체, 레이몽 아롱이 옳았다."

밤사이 얼마나 퍼먹을까
누군가 토해놓은 오물
이른 아침 비둘기가 날아와 쪼며
허기진 배를 채우고 있다
이게 욕망 따라 받는 배급인가
고난의 행군이 지나간 자리
시체 위에 악마의 꽃이 피었다

소엽풍란 이세회계인데 다른 돌에 있는 것을 떼어내 뿌리를 짧게 다듬고는 이 돌에 붙었다. 15년이 더 지난 일. 밀레니엄문학 월례회가 사당역 근처에서 열렸다. 음식점 한쪽에 쭉 늘어앉아 식사할 때 내 곁에 이 돌이 있었다. 아무리 살펴봐도 석회석이었다. '한국돌이 아니야. 분명히 어항 속에 있던 수입돌이었는데 어항을 치우면서 빼놓은 거야.' 혼자 중얼거리다, 식사를 마치고 나올 때 주인이 쳐다보건 말건 보란 듯이 번쩍 들고 나왔다. 식당 주인장은 돌이 있었는지 알지도 못하고 안녕히 가시라고 인사를 했다. 가로거치는 돌을 치워줘서 고맙다고 한 건지 그 마음은 지금도 모르겠다.

풍란세상 4

　장무상망長毋相忘, 오랜 세월이 지나도 서로 잊지 말자.
이 말은 '세한도歲寒圖'에 인장으로 찍힌 말이지만 사실은 2
천 년 전 한나라에서 출토된 와당에서 발견된 글씨다. 그
러나 추사와 그의 제자 이상적이 나눈 애절한 마음이 이
시대까지 이어져 감동을 주고 있다.

세한도는 조선 헌종 10년 1844년 58세 서화가 완당 김정희가 제주도 유배지에서 수묵으로 그린 사의체의 문인화이다. 내용은 '세한연후지 송백지후조歲寒然後知 松柏之後凋: 한겨울 추운 날씨가 되어서야 소나무, 측백나무가 시들지 않음을 비로소 알 수 있다.', 『논어』 자한편이다.

세한도에는 세한도를 보고 한국과 중국의 문인 20명이 쓴 22편의 감상글이 덧붙여져 전체 길이 1,469.5cm의 긴 두루마리 형태로 전해오는데, 두루마리 내용을 요약하면 '먼저 송백의 절조를 배워야 한다.'다.

세도정치가 한창일 때, 억울하게 제주도로 유배되고 위리안치라는 감금형에 처한 영혼은 절해고도絶海孤島 그 자체였다. 그리고 기한 없는 유배지에서 전해 듣는 소식은 사형에 처하라는 상소일 뿐, 그래서 김정희의 정체성은 절대고독絶代孤獨이다.

김정희의 자字는 원춘元春이고 호號는 추사秋史, 완당阮堂, 예당禮堂, 노과老果, 시암詩庵 등 조선에서 가장 많은 호를 사용했다. 현재 세한도는 국보 제180호로 지정되어 국립중앙박물관에 소장되어 있다.

'글씨는 붓을 반듯하게 들고 바르게 써야 한다.' 일부 서예가들은 붓을 옆으로 뉘여 쓴 추사체를 놓고 이렇게 평가하기도 했지만 대중이 좋아하면 좋은 것이다.

"손님이 짜다면 짠 거다."

물론 예술은 장사가 아니지만, 때로는 장사처럼 단조롭지 않게 구색을 갖춰 '한겨울 지나 봄 오듯' 손님 비위를 맞추는 것도 필요하다. 글에 기름칠하여 읽는데 불편함을 덜어주는 것이 어쩌면 작가의 도리인지도 모른다.

함께 길 떠나는 세상은
하얀 겨울에도 시들지 않는 약속
속세로 흘러가는 마음은
지는 해와 지는 달을 바라보는 기다림
바람 속에 모래알로 흩어지는 소망이
걸신들린 파도에 쓸려가고
헛된 가르침과 헛된 배움이 서성이는
누구의 사연이 이토록 고독할까

소엽풍란 금루각이다. 언젠가 강원도 물놀이 가서 주워 온 곰보돌인데, 그 위에 길에서 주운 참새모양의 검은 돌을 붙이고 풍란을 기르는 중이다. 돌과 돌을 붙일 때는 집 근처 건축공사 현장에 가서 에폭시를 조금 얻어 사용했다. 작지만 나름대로 수고가 있는 석부작이다.

풍란세상 5

"찰리 채플린이 처칠이 되었다. 용감한 지도에겐 용감한 시민이 있다."

'빛이 어둠을 이길 것이다.' 이 말을 전한 우크라이나 젤렌스키 대통령에게는 찬사가 쏟아지고, 무력침공 한 러시아 푸틴 대통령에게는 비난이 쏟아졌다.

"오직 하나님께 기도하오니 우크라이나를 지켜주소서. 그들에게 자유를, 그들에게 행복을, 그들에게 선량한 세상을 주소서."

'물새의 생존' 영악한 물새들은 가두리양식장 발판에 앉아 양식장 안으로 똥을 싼다. 그러면 물고기들은 새똥이 먹이인 줄 알고 수면으로 올라온다. 물새들은 이때를 기다려 물고기를 잡아먹는다.

조류의 신체구조 배설 특징은 땀샘이 없고, 배설강은 요도와 항문이 합해진 총배설강을 이룬다. 그래서 오줌이 섞인 똥을 한꺼번에 배설하기 때문에 냄새가 지독하다. 비둘기 똥이 차에 오래 묻어있으면 차색깔이 변하기도 한다.

기러기는 몸이 크고 암갈색을 띠며 부리 밑 부분은 노랗고, 목은 길며 다리는 짧은 새다. 깃털은 방수가 되고 발바닥에 물갈퀴가 있다.

기러기는 먹이와 따뜻한 땅을 찾아 2만㎞를 날아간다. 기러기 떼는 V자 대형을 이루며 날아가다 맨 앞에 날아가던 기러기가 지치면 그 기러기는 옆으로 비켜 천천히 날갯짓 하다 대형 끝에 붙어서 날아간다.

맨 앞에서 날아가는 기러기는 온 몸으로 바람과 마주하며 용을 써서 기류의 양력을 만들어주기 때문에 엄청난 힘이 소비된다. 그래서 가끔씩 선두자리를 교대하는 것이다.

하늘의 기러기 울음은 선두기러기에게 보내는 응원의 소리다.

결혼식 때 나무기러기를 놓고 예를 올리는 것은 기러기의 세 가지 덕목을 본받자는 뜻이다. 첫째, 기러기는 사랑의 약속을 영원히 지킨다. 둘째, 기러기는 상하의 질서를 잘 지킨다. 셋째, 기러기는 왔다는 흔적을 분명히 남긴다.

어린 생명들이 무수히 죽어나가는 비참한 전쟁에서 우크라이나 대통령은 밤하늘을 줄지어 나는 인류 기러기 떼의 선두 기러기다. 사람은 사소한 일이라도 누군가에겐 도움이 되는 삶이라야 한다. 아픈 사람에겐 치유의 존재가 되어야 하고, 어려울 때 위로하는 사람이 되어야 한다.

"절대 권력은 절대 망한다. 이제 러시아가 망할 차례다."

복잡한 세상 따질 것도 없다
영악한 사람들이 가두리양식장에
촘촘한 그물을 빈틈없이 덮어놓았다
그대 없는 하늘로 날아간
한 마리 나무기러기의 빛바랜 꿈이
때로는 영원한 사랑으로 올 수 있다

대엽풍란 나도풍란이다. 청평강변에서 발견한 작은 돌인

데, 수석으로 가치는 없지만 검은 빛을 띠는 것이 제법 단단해 보였다. 어느 절벽에서 떨어져 나온 돌인 지는 몰라도, 물결에 얼마나 시달렸으면 날카로운 모서리를 모두 지웠을까.

풍란세상 6

식량안보가 국제적 문제로 떠오르는 지금, 국민의 먹거
리를 책임지는 농업의 현실은 매우 위태롭다. 국토면적 대
비 경지 비중은 고작 16%인데도 탈원전 한다고 산과 들
그리고 하천과 바다까지 온통 태양광 패널로 뒤덮었다.

전염병 창궐과 기후변화로 돈이 있어도 곡물을 구입할

수 없는 시대가 곧 닥친다. 하루 빨리 논과 밭의 태양광 설치를 중단하고 식량용 곡물과 사료용 곡물을 자급하는데 국력을 기울여야 한다.

사람의 먹거리 식량자급률과, 사람과 가축의 먹거리 곡물자급률은 다르다. 대한민국은 식량자급률은 45.8%이며 곡물자급률은 22.5%에 불과해 곡물생산 후진국이다. 세계 7위 수입국으로 쌀 98%를 제외하면 밀 0.5% 콩 6.6% 등 10.2% 생산에 불과해 90%를 수입하는 관계로 물가상승 원인이 되고 있다.

조사 대상 국가의 평균 곡물자급률은 100.8%에 달하는데, 우크라이나 302.8%, 호주 251.7%, 케나다 177.4%, 미국 124.7%, 중국 98.9%.이다.

일본의 실량자급률은 39%(쌀은 100%, 밀은 6%)이지만 남미 등지에 많은 농지를 구입하여 식량난에 대비하고 있다. 또 쌀보리를 개량하여 질 좋은 먹거리와 특산물로 활용하고 있다.

'이타이이타이'는 '아파아파'라는 일본어에서 유래된 말이다. 1912년 일본 도야마현 진즈 강 하류에서 발생한 대량의 카드뮴이 뼈에 축적되어 생긴 공해병이다.

태양광 패널에는 인체에 해로운 납, 카드뮴이 등 중금속과 발암물질이 함유되어있다. 따라서 오래된 태양광 패널에서 녹아내린 오염물질 카드뮴이 뼈에 축적되면 기침만 해도 뼈가 부러지는 이타이이타이병에 걸릴 수도 있다.

농축산물 무역적자가 최상위로 달리는 대한민국은 카드 뮴에 오염된 땅에서 생산한 곡물을 먹어도 괜찮을까. 다행히 실리콘 패널로 교체되고 있지만 이미 오염된 땅은 어떻게 할 것인가.

구멍가게에서 천원에 파는 붕어빵 아이크림 원재료 명을 보면,

중국산의 설탕, 하이말토스시럽, 가당 통팥, 적두, 기타 과당, 밀가루와. 미국산의 밀, 옥수수전분과. 러시아, 헝가리, 세르비아, 인도네시아산의 가공 전지분유, 팜유, 설탕, 야자유, 물엿 혼합분유, 유청, 혼합재제인 안나토색소, 비트레드, 유화제, 구아검 카라기난, 산도조절제, 비타민E, 정제소금. 합성향료인 바닐라향, 밀크향, 우유, 대두, 밀향유 등이 들어있고 국내산은 찹쌀뿐이다.

안치다

김후곤

뒷말에 살던 배씨 여편네, 그 아들이 너하고 동갑이지. 참

가난하게 살았어. 남편, 시아주머니, 시동생, 이 형제들 인물 훤하고 잘 생겼었지. 똑똑했어. 인공 때, 삼형제 읍내로 며칠씩 몇 번 갔다 왔어. 그때 뽈갱이가 되었을 거여. 우리 동네에는 크게 잘못한 일 별로 없었어. 뽈갱이들이 냇갈 건너 한 씨 집에 가서 식량을 가져가야겠다고 하니까 한 씨가 소리소리 질렀지. 한 씨 앞에서 어떻게 고개나 들던 사람이었나? 한 씨 소리 지를 만했지. 누군가 한 씨를 밀쳤고 한 씨는 뒤로 넘어지면서 머리를 다쳤어. 평생 누워 살다 갔어. 곡식을 한 톨도 남기지 않고 빼앗아갔다고, 사람을 죽였다고 수군거렸지만 누구 하나 드러내고 말을 할 수가 없었어. 뽈갱이들이 무서웠으니까. 벼 이삭 하나하나 세어보고 얼마를 공출하라고 했구. 뽈갱이들이 팔봉산 너머로 도망가고 나자, 배 씨 여편네는 장터로 불려 다녔어. 배 씨 삼형제를 찾아내라는 거여. 이 여편네가 무얼 알겠어. 모른다고 하면 작대기로 막 패댔지. 여편네 매일매일 두들겨 맞았어. 젖먹이는 젖 달라고 울고. 여편네, 참 많이 울었지. 한 씨 외가 장 씨들이 배 씨 삼형제를 갈산에 잡았구. 이러냐저러냐 물어보지도 않고 상여 골로 끌고 가 대꼬챙이로 수십 번 찔러댔대. 배 씨 둘째는 안존하고 참했는데, 아까운 인물이라고들 했어. 그러니까 석 달도 안 되어 이런 일이, 참 무서운 세월이었다.

소엽풍란 아마미다. 강변역 부근에서 한잔하고 이차로 맥줏집 찾아가는데, 이 돌이 길거리에 버려져 있었다. 내가 돌을 줍자 같이 가던 김훈곤 작가가 얼른 자신이 들고 있던 숄더백에 담아주었다. 주말농장에서 농사 지은 채소를 담아와 동료들에게 나눠주었던 고마운 헝겊가방이었다. 위 글은 명작수필 「안치다」의 한 대목이다. 시골말의 달인 김훈곤 작가에게 문운이라는 말이 필요할까.

풍란세상 7

어느 날 박정희 대통령이 김일 선수를 청와대로 초청했다.

"임자, 소원이 뭔가."

"우리 고향에는 전기가 들어오지 않아 주민들이 김 수확에 큰 어려움을 겪고, 또 제 레슬링 경기를 텔레비로 볼 수 없습니다."

6개월 뒤 거금도에는 전국 섬에서 처음으로 전기가 들어왔다. 당시 고흥 주민들은 주로 김을 채취해 생계를 꾸렸는데, 야간에는 등불에 의존해 김을 따야 하는 작업 환경이 매우 열악한 상태였다.

이처럼 애향심이 유별난 김일은 1929년 2월 24일에 태어나 국내 씨름판에서 활약하다가 1956년 일본으로 밀항했다. 함경도 출신 역도산이 일본 레슬링을 주름잡으며 선풍적인 인기를 끌고 있을 때였다. 역도산을 동경한 김일은 이듬해 역도산체육관문하생 1기로 입문했는데 '자이언트 바바' '안토니오 이노키'가 동기생이었다. 1958년 프로레슬링에 데뷔해 3천여 경기를 펼쳤고 '박치기 왕'으로 일약 국민영웅이 되었다.

김일은 1994년 국민훈장 석류장, 2000년 체육훈장 맹호장을 받았다. 그리고 2011년 11월 12일 거금도 김일 생가 부근에 '김일기념체육관'이 건립되었다. 이어서 김일 동상도 세워졌다.

'내 머릿속에 큰 돌멩이가 있는데 그것 좀 빼줘.' 이 말을 마지막으로 남긴 김일은 뇌혈관질환으로 2006년 10월 26일 향년 77세로 타계했다. 단순한 우연일까. 공교롭게도 1917년 11월 14일 태어나 1979년 10월 26일 향년 61세에 서거한 박정희 대통령과 사망한 날짜가 같다.

이마에 피가 나도록
머리를 나무에 사정없이 박았다
모진 시련을 이겨내고
드디어 박치기 왕이 되었다
세상의 모든 반칙을 이마로 박아
한 방에 눕히고 악을 평정했다

넉줄고사리다. 흔히 말하는 골쇄보인데 버려진 화산석에
붙었다. 동아시아에서 서식하는 양치식물이지만 물만 제
대로 주면 어디서나 잘 자란다. 뼈에 좋은 약재로 소문나
전국 야생 골쇄보는 무분별한 채취로 많이 감소했다.

중국 후당시대, 황제 이사원이 사냥을 나갔는데 갑자기
호랑이가 나타나는 바람에 황후가 말에서 떨어지고, 발목
뼈가 부러졌다. 모두가 당황하고 있을 때 어느 병사가 풀
한 포기 가져와 짓이기더니, 그것을 황후의 발목에 붙었
다. 그러자 금세 상처가 가라앉기 시작했다. 기뻐한 황제
가 약초의 이름을 물었지만 병사도 그 이름을 알지 못했
다. 그러자 황제가 즉석에서 이름을 하사하였는데 그 이름
이 바로 골쇄보다.

풍란세상 8

1985년 8월 24일 오후 6시 중국의 B5 경폭격기가 전북 익산시 신흥동 제방 아래 논바닥으로 추락했다. 이 폭격기가 대한민국 영공을 침범하자 초계중이던 우리 공군기가 군산비행장으로 유도하려 했으나 연료가 떨어져 항로를 이탈하여 논바닥을 스치며 추락했다.

폭격기에 탑승했던 승무원 3명 중 항법사 손무춘(36세)은 숨지고, 조종사 초천윤(33세)은 척추골절 등 중상을 입어 원광대학 부속병원으로 이송했으며, 통신사 유서의(36세)는 찰과상을 입었다.

정부는 사망한 손문춘과 초천윤의 유골은 중국으로 송환했고, 생존자 유서의는 제3국 망명 요청에 따라 자유대만으로 보냈다.

이 같은 중국 폭격기 불시착으로 논에서 농약을 뿌리던 익산시 신흥동 신흥마을의 배봉환 씨가 비행기에 치여 논한가운데서 사망했다.

정말 알 수 없는 것이 인생이다. 길 없는 하늘 길, 도로 없는 논 한가운데서 교통사고가 발생해 사망할 줄 누가 알았겠는가. 그것도 우리나라 비행기가 아닌 중국 국적의 비행기에 치여 현장에서 사망할 줄을.

죽음을 운명이라고 하기 에는 너무 허망했다. 죽음을 받아들일 준비도 하지 않았는데 갑자기 하늘에서 떨어진 죽음을 어떻게 할 것인가. 오직 체념이 최선의 방법일까. 그러나 하늘은 체념할 시간도 주지 않았다.

활처럼 휘어진 등허리가
논배미에 고단하게 머무를 때

비행기가 국경을 넘어왔다
거기 누가 있는가, 물어도
대답 대신 멀리 날아가는 목숨
무심하게 허공으로 사라지는 영혼
그 사람이 생각나 오늘도 슬펐다

소엽풍란 아마미다. 돌은 강서구 화곡시장 근처의 어느 빌라 골목길에서 주웠다. 누군가 수석이라고 물가에서 가져왔다가 더 이상 필요하지 않게 되자 내다버린 것 같았다. 수석이라고 전망 좋은 장소에 있다가 졸지에 뭇사람 발길에 차이는 잡석이 되고만 것이다.

사람의 몸은 정精, 기氣, 신神이 있는 생명체다. 정은 몸 뚱이고 신은 마음인데 여기에 기가 들어가면 생명체가 된다. 그래서 이를 삼보三寶라고 한다. 숨 잘 쉬고, 밥 잘 먹고, 마음 편한 게 곧 건강이다.

풍란세상 9

　승일교昇日橋는 철원의 동승읍 장흥리와 갈말읍 내대리
사이로 흐르는 한탄강에 세워진 다리 이름이다. 1948년 8
월 '한탄교'라고 명명한 북한이 남한을 침공하려는 군사적
목적을 가지고 공사를 시작하여 절반쯤 완성했을 때 한국
전쟁이 일어나 중단되었다가 10년이 지난 1958년 12월 3

일 남한정부가 나머지 절반을 완성했다.

승일교 명칭은 남한의 이승만李承晚과 북한의 김일성金日成 이름 가운데 글자를 따와서 지었다고 하고, 또 한국전쟁영웅 박승일朴昇日 대령을 기리기 위해 승일교로 했다고 한다.

1948년 2월 조선인민군을 창설해 1950년 6월 전쟁을 일으켜 동족을 무한 살육한 철천지원수 김일성 이름을 다리에 붙인다는 것은 당시로서 절대로 있을 수 없는 일이다. 따라서 5연대장 박승일 다리가 맞다.

박승일 대령은 육사 1기로 1946년 6월 15일 육군 장교로 임관하였다. 7사단 5연대장일 때 평양탈환전투에서 불멸의 공을 세우고 북진 중이던 1950년 11월 26일 평남 덕천지구에서 중공군과 격전을 벌이다 포로가 되었다. 기록에는 31세 나이로 전사했다고 되어있다.

우크라이나 전쟁을 보면. 전투를 할 단호한 의지가 없는 나라는 어느 누구도 도와주지 않는다. 한국전쟁 시 맥아더 사령관이 한강방어선 병사에게 얼마나 버틸 수 있는가라고 물었다. 그러지 병사는 상관이 철수 명령 내릴 때까지라고 대답했다. 이런 사유로 자유 대한민국이 살아났다.

조국에 한 몸을 던진
그대는 죽어 다리로 남았다

오직 통일을 소원했어도
우리는 아픈 가슴 안고
분단의 시대를 살아가고 있다

일반소엽풍란이다. 북한산 계곡에서 주워 온 차돌인데 너무 작아 오랫동안 옥상에서 굴러다녔다. 하얀 돌이 빛 바래도록 살아온 게 안쓰러워 작년 여름에 풍란을 붙였다. 옥상에서 어두운 창고로 옮겨지고, 혹독한 겨울을 혼자 견디고, 오직 조국의 봄을 위해 전장에 몸을 던진 병사의 심정으로 사는 것 같았다.

풍란세상 10

청하 선생은 고월皐月이라는 호와 청하靑荷란 호 두 가지를 쓰고 있다. 첫째 고월이란 호는 언덕 고皐, 달 월月이라는 글자로 언덕에 떠있는 달이다. 공초空超 오상순吳相淳 (1874~1963) 선생이 지어주신 것이다. 상상해 보면 외로움의 상징이다. 청하 선생의 자당께서도 그 호가 외로울 것 같으니 달리 생각해보라고까지 하셨다니 짐작할 일이다.

공초 선생이 지은 호 고월이란 뜻을 알게 된 파성巴城 설창수薛昌洙(1916~1998) 선생은 청하 선생께 청하靑荷라는 새로운 호를 지어 주면서 다음과 같이 청하에 대한 의미와 연유를 글로 발표했다. ①머리말, ②청하 호의 유래, ③청제와 강내江內 권속인데 이 부분을 건너뛰고 다음 글을 이어보면.

일찍이 아드님인 듯 그를 총애하셨던 대공초 고 오상순 선생께서 주셨다는 고월 호에 비추어 미지한 탓이지만 외람되어라. 처자 없는 그분으로서 산도 물도 사람도 모두 모두 고맙고 거룩하여 둘 바 없어 하셨지만 얼마나 제 아들다웠으면 언덕달이라 이름을 붙였음일까. 아예 도연陶然한 나머지 시詩 아닌 맑은 냇물에 흘러갈 손 청주 명 청하일 시 만무하여라.

2020년 충남원로예술인 '구술채록집' 시인 청하 성기조 교수의 삶과 문학 '말하는 소나무'에 실린 내용이다.

아돌프 히틀러는 오스트리아 브라우나우암인에서 태어났다. 뛰어난 웅변술과 감각의 소유자 히틀러는 집권 후 고향 사람들을 중용하지 않고 오히려 멀리 밀어냈다. 그것은 고향사람들이 아버지의 학대, 미대시험에서의 2번 낙방, 몸이 허약해 군대에도 가지 못한 일화 등, 보잘 것 없는 자신의 과거를 다 알고 있기 때문이었다.

중리中里는 나의 호다. 중리는 내가 태어난 마을 이름일 뿐 다른 뜻은 없다. 호가 뭐 그리 중요하냐고 말하는 사람도 있지만, 나는 청일전쟁의 역사를 고스란히 간직하고 있는 월봉산과 그 산자락에 붙어있는 정다운 마을과 그때의 인심을 잊지 않겠다는 다짐으로 호를 지었다.

녹음

성기조

하늘을 가리고
햇볕은 푸른 나뭇잎을 비켜가지 못해
그늘이 생겼네

출렁이는 하늘과
푸른 나뭇잎들이 파도처럼
움직이는 오월

그늘 밑에 앉아

소엽풍란 아마미다. 돌은 청하문학에서 문학행사와 문학기행을 겸해 1박 2일 예산에 갔을 때 점심을 먹은 식당 담벼락아래 황토바닥에 박힌 것을 꺼내온 것이다. 황톳물에 누렇게 찌든 돌이 마음에 들지 않았으나 예산까지 왔는데 그냥 갈 수 없다는 심보가 이 돌을 들게 했다. 당시 이런 내 모습을 본 한 사람이 있었는데 한남숙 수필가였다.

3부

풍란일기

풍란일기 1

"세상이 바뀌었는데 이렇게 두문불출하면 되겠느냐."

이 말을 마지막으로 남긴 정지용鄭芝溶은 1950년 7월 자신을 찾아온 후배, 제자 문인들을 따라 서울 녹번동 집을 나선 뒤 소식이 끊겼다.

정지용이 인민군에게 끌려갈 때 동두천 소요산 근처에서

미군비행기의 폭격으로 사망했다는 말과, 포로수용소에서 일했다는 이유로 미군에 잡힌 뒤 일본 오키나와에서 총살당했다는 말은 전혀 근거가 없는 낭설이다. 왜냐하면 평양교화소로 이감된 것까지의 행적이 밝혀졌기 때문이다.

17세 때 아버지를 찾아 북으로 간 셋째 아들 정구인이 2001년 2월 26일 3차 북한 측 방문단 일원으로 서울에 와 남쪽의 큰형 정구관과 여동생 정구원을 만났을 때 남한기자들이 아버지 정지용 사망소식을 물었지만 정구인은 아무것도 모른다고 대답했다. 그러자 남한기자들이 월북 중 미군비행기의 기관총탄을 맞고 동두천 소요산기슭에서 사망했다고 1995년 6월 '통일신보'에 발표되지 않았느냐고 재차 문자 그런 것 같다고 대답을 해 '장지용 동두천 사망'이 사실처럼 굳어졌다. 참으로 논리 없는 억지였다. 아버지 사망을 알았다면 어머니가 기다리는 집으로 돌아왔지 왜 저 먼 함경도까지 갔을까. 또 목격한 사람이 아무도 없는데 미군비행기, 미군기관총, 미군의 폭격 등 의도적으로 미군에 의해 죽었다고 말하는 이유는 무엇을 뜻하는가.

정구인은 양강도 지역신문기자로 일했다. 몇 년 전 남측 사람과 접촉했을 때 아버지 정지용은 양강도 탄광에서 일하다 몸이 허약한 관계로 일찍이 사망했다고 털어놓았다.

정지용은 해방후 '경향신문' 편집주간 일을 했고, 사회주

의 계열인 '조선문학가동맹 아동분과위원장'을 맡아 활동
했다.

"정지용은 자신의 양심을 못 이겨 스스로 월북했다."

'고운 폐혈관이 찢어진 채로, 아아 너는 산새처럼 날아갔
구나.' 원로문인 여해룡 시인이 못내 아쉬워 정지용의 시
유리창 끝부분을 읊으며 말했다. 죽은 아이에 대한 그리
움으로 빚은 시가 이제는 자신의 죽음을 말하고 있는 것을
모른 채.

1988년 1월 납본필증을 교부받으면서 정지용 시인이 공
식적으로 납북, 월북 작가 해금 1호가 되었는데 이는 문예
운동 성기조 이사장 노력의 결실이었다.

아버지 찾아 아들 셋이 나섰는데
큰아들은 고향으로 돌아왔고
막내아들은 아버지 발자국 따라 북으로 갔고
둘째 아들은 영영 소식이 없다
전쟁 통에 서로 길 잃어버린 삼형제
아버지가 그리워 눈물 없는 슬픔으로 울었다

소엽풍란 아마미다. 까치산역에서 집으로 가는 길, 집에
얼추 다다랐을 때 아파트 화단에서 발견한 돌이다. 수석

으로 대접받다가 어쩌다 버려졌는지 그 사연은 모르겠으
나, 고향에서 타향으로 끌려와 또 다시 버려진 것만은 분
명하다.

　'엇갈린 인연도 인연이다.' 돌아, 몇 번 버려졌다고 슬퍼
할 건 없다. 다시 말하지만 버린 사람보다 네가 몇 천배 오
래 살 것이니 두고두고 인간사를 지켜 보거라. 잠시 나에
게로 와서 즐거움 주는 네가 세상의 주인이다.

풍란일기 2

"우리는 정치를 말하지 말자. 우리는 이념을 따지지 말
자. 이렇게 말하는 사람을 특별히 조심해야 한다."

'공산당 프락치'에서 프락치는 적의 진영에 들어가 혼란
을 일으키고 조직을 흔들어 파괴하는 비밀공작원을 말한
다. 1949년 6월 남로당 프락치로 제헌국회에 침투해 첩보

공작을 한 혐의로 김익수 의원이 체포된 적이 있고, 1984년 9월 17일부터 27일까지 서울대 학생들이 타 학교 학생과 민간인 등 4명을 정보기관 프락치로 판단해 불법감금, 각목폭행, 물고문을 한 사건이 있었다. 당시 경제학과재학 중이던 유○민이 이 사건에 연류 되어 1년 6개월 징역형을 선고받았다. 피해자들은 이 사건으로 인해 지금까지 정신분열증을 앓고 결혼 못한 사람도 있다.

현재 서울 토박이는 얼마나 될까. '설문조사'에 의하면 다른 지역에서 태어난 사람 가운데 77.5%가 내 고향은 서울이라고 대답했다.

서울토박이는 서울 한 지역에서 3대째 이상 살고 있는 사람이어야 한다. 자신의 선조가 1910년 이전의 한성부에 정착한 이후, 현 서울시 행정구역내에서 계속 거주한 시민이어야 한다. 이렇게 따지면 순수 서울토박이는 0.12%에 불과하지만, 증조부 때부터 살아온 것을 여기에 감안하면 대략 5%정도를 순수 서울토박이라고 할 수 있다.

사실이 이런 대도 서울이 고향이라는 사람이 근래에 부쩍 늘어났다. 이 사람들의 특징은 '정치와 이념은 따지지 말자.'하고 다가와 친분이 쌓이면 그때서야 속을 드러낸다. 이런 사람들이 시민 속을 파고드는 지방 프락치가 아닌가 생각된다.

"서울은 지방 사람들이 모여 만든 곳이다."

서울토박이의 비중은 다른 나라에 비해 현저히 낮다. 잠시 서울 사투리를 살펴보면, 아기를 애기, 참기름을 챔기름, 계집애를 기집애, 옛날을 엣날, 조그맣다를 쪼그맣다, 가루를 까루, 창고를 창꼬, 교과서를 교꽈서, 하려고를 하려구, 바빠서를 바뻐서, 잡아를 잡어, 깎아를 깎어, 창피하다를 챙피하다 등이 있다.

지경 다지기

박성두

옛날부터 살아온 집은 좁고 낡아 허물어 버리고 그 자리에 새 집을 짓기 위해 양질의 흙을 날아와 고르게 펴놓았다. 집터를 단단하고 탄탄하게 하기 위해 흙을 다져주었다. 이것을 지경다지기라고 했다.

우선 큼직한 지경돌을 준비했다. 아래 위가 평평하고 높이는 사십 센티미터 쯤, 둘레는 일 미터 오십 센티미터 정도, 무게는 일백 킬로그램에서 일백오십 킬로그램 되는 돌이면 적합했다. 튼튼한 두 줄로 엇걸고 그 끝을 잡아당겨 풀어지지 않게 마디를 만들고 조여 맸다. *(생략)*

소엽풍란 아마미다. 돌은 박성두 수필가가 1986년 말레이시아 출장 갔다가 쿠알라룸푸르에 있는 바투 동굴에서 가져온 것이라며 2022년 3월 22일 나에게 선물했다. 다음 날 나는 작은 돌에 맞춰 작은 풍란을 구입해 붙였다.

술을 우상으로 삼으며 등산을 즐기는 박 수필가는 이미 현 세계와 다른 인간의 강을 건너갔다. 낭만가객, 일찍 문단에 나왔더라면 한국문단의 대단한 기인이 되어있었을 것이다. 깨달음의 글, 박 수필가가 집필하고 있는 '자서전'을 읽고서 박식한 기억력에 놀랐고, 손 글씨로 꼼꼼히 눌러쓴 방대한 문장에 또 한 번 놀랐다.

"우주 삼라만상이 몽땅 신비롭고 경이로워 무궁무진한 시와 글이 텃밭이온데 나는 왜 아직도 귀와 눈이 한밤중인가. 긴 세월 파도와 비바람에 이목을 잃은 몽돌의 신세인가 싶어 한숨과 서글픔으로 안주 삼아 가끔 한 잔 들곤 한다."

명창으로 이름난 박 수필가는 전국 국악대회 소리(창)부분 단체전에 참가해 1등을 한 실력파다. 우리의 영원한 명창 박성두 수필가의 문운을 기원한다.

풍란일기 3

강은/ 한밤에 빠지는/ 억만 광년 하늘 밖의 멀디멀은 별/ 가장 작은 별 그림자에도 가슴 설레고// '박두진『수석열전 38』, 「밤의 강」 앞부분이다.

'수석 사랑'이 남달랐던 박두진은 1939년 정지용 추천으로 '문장'에 시 「향현香峴」 「묘지송墓地頌」 등을 발표하면서

문단에 등단하였고. 1946년 조지훈, 박목월과 함께 청록
파시집『청록집靑鹿集』을 발간했다.

『수석열전』은 1972년 8월호부터 1973년 12월호까지 현
대문학사 발행의 '시문학'과 '현대문학'에 연재해온 수석시
를 묶은 우리나라 최초의 수석시집이다. 수석을 만나 인간
세계와 삼라만상의 근원에 좀 더 가까이 다가가 성찰하게
되었다고, 또 자연이 빚은 조형예술이며 사상, 감정, 정서,
꿈이 담긴 생명체라고 적었다.

"시와 수석은 서로 다른 것이 아니다."

수석은 목숨 수를 쓰는 수석壽石과 물 수를 쓰는 수석水
石을 혼용하여 사용하고 있는데, 수석은 물에 젖어있을 때
제 빛깔을 나타낸다. 수석은 자갈밭에서 피는 저마다 한
송이 꽃이다. 수석은 변함없이 믿을 수 있는 영원한 사랑
이다.

세월의 풍파를 맨몸으로 견디어 영혼이 잠긴 수석에 풍
란을 덧붙여 한편의 풍경으로 바라보는 것은 매우 즐거운
일이다. 예측할 수 없는 시대에서 석부작을 감상하며 잠시
사색을 시간을 가져본다.

강은/ 저절로 떨어지는 꽃 이파리 하나/ 가장 작은 몸짓
에도 황홀해 한다//

혜산兮山 박두진은 한국 시사詩史에서 '참 시인 중의 참

시인'으로 손꼽힌다. 시대의 암울한 고뇌 속에서 조국과 민족의 미래에 대한 희망과 믿음을 시어로 형상화했다.

'시의 형상화' 시는 산문과 달리 율격을 갖추기 때문에 운문이라고 하지만, 시는 주제에 사실이나 사상을 있는 그대로 기술하거나 설명하는 것이 아니다. 시는 비유적인 언어로 이미지화하여 감동의 효과를 최대화로 표현하는 것이다. 이렇게 시작詩作이 이루어졌을 때 우리는 형상화가 제대로 되었다고 말한다.

'수석과 인격의 만남' 이런 문학의 인연으로 구부러진 마음을 조금이나마 곧게 펼 수 있어 다행이다.

> 영혼이 잠긴 수석에 붙어
> 풍란은 날마다 뿌리를 늘렸다
> 갈수록 어지러운 시대
> 먼 벌판 피난민처럼 방향을 잃은
> 사람들이 지쳐 스러졌을 때도
> 풍란은 향기를 흩뿌렸다
> 어느새 초저녁별이 떠올랐다

일반소엽풍란이다. 돌은 강서구 본동시장 근처 공원에서 주워 왔다. 누군가 김치통의 누름돌로 쓰려고 가져왔다가

공원에다 버린 듯 했다. '버려지는 아이들' 웬지 내가 작은 돌의 보호자가 된 것만 같다. 우리나라에서 영유아유기는 형법 제272조에 의해 3년 이하의 징역 또는 500만 원이하의 벌금에 처해지는 중범죄다.

'탁란' 뻐꾸기는 남의 둥지에 알을 낳는다. 자기 새끼의 양육을 다른 새에게 맡기는 것이다. 더 잔인한 것은 새끼 뻐꾸기다. 둥지 안의 새보다 일찍 부화하여 눈도 뜨지 않은 상태에서 이미 부화한 새끼와 남아있는 알을 둥지 밖으로 밀어낸다. 둥지 밖으로 추락한 새끼와 알은 참혹하게 죽고 만다.

풍란일기 4

"이 나라가 뉘 나라냐."

묻는 말에 답변하지 않는 것을 함구緘口라고 하고, 묻지 않았는데도 내 말을 대신해주는 것을 수다라고 한다. 1947년 7월 20일 발표한 함석헌咸錫憲의 시「그 사람을 가졌는가」1연을 소개하면.

만리길 나서는 날/ 처자를 내맡기며/ 맘 놓고 갈만한 사람/ 그 사람을 그대는 가졌는가//

사회운동가, 언론인, 작가인 함석헌은 1901년 3월 13일 평안북도 용천군에서 태어나 1989년 2월 4일 서울 종로구 서울대학병원에서 사망했다. 『성서적 입장에서 본 조선역사』(1948), 『인간혁명』(1961), 『역사와 민족』(1964), 『뜻으로 본 한국역사』(1967), 『통일의 길』(1984), 『한국 기독교는 무엇을 하려는가』(1984) 등이 있고, 시집으로는 『수평선 너머』(1953)가 있다. 잠시 선생의 명언을 옮겨 보면.

같이 살자. 반항할 줄 모르면 사람 아니다. 정치란 덜 나쁜 놈을 골라 뽑는 과정이다. 그놈이 그놈이라고 투표를 포기한다면 제일 나쁜 놈들이 대해먹는다. 말씨란 말이 있지만 말이야말로 씨 같은 것이다. 하면 안 된다는 것도 알아야 한다.

바보 새 함석헌 전집에 실린 긴 시 '수평선 너머' 1, 2, 3, 4연을 소개하면.

바다/ 넓이 끝없이 까만/ 깊이 한없이 아득한/ 바다 또 바다/ 저 바다 너머는 또 무엇이 있나// 물결/ 앞에도 앞에도 푸른 푸른/ 옆에도 옆에도 하얀 하얀/ 물결 또 물결/ 저 물결 뒤에는 또 무엇이 있나// 소리/ 하늘 울어 천둥/ 땅 울어 지둥/ 흔들고 흔들리는/ 저 소리는 누가 흔드는 소리인가// 바다 아닌 바다/ 물결 하닌 물결/ 바람 아닌 바람/ 소리 아닌 소리/ 거기가 가고파서 그리워서//

「수평선 너머」를 아무리 깊게 생각해도 형상화가 덜된 토막글로 보인다. 비난과 비평을 떠나 급변한 시대 탓인지 독특한 언어사용이 필요한 짧은 시에서 반복되는 단어가 내 마음을 쉽사리 움직이게 하지 않는다. 서정시건 자유시건 극시건 시에서 행간과 전체적으로 흐르는 내면구조의 형식을 무시할 수는 없지만 한 문장이 되려면 두 개 이상의 단어가 이어져야 한다는 것이 나의 생각이다. 이렇게 고착된 생각이 나의 수다인 줄은 몰라도, 나는 나의 느낌 일부를 위 글에서만 내보이는 것일 뿐, 감히 민족의 큰 어른 글이 가진 사상을 평가하는 것은 아니다.

김소월의 시 「엄마야 누나야 강변 살자」에서 처음에는 '엄마야 누나야 강변에 살자'였는데 출판 하던 중 실수로 '에'자를 빼먹었다고 한다. 이렇게 명사에 붙어 다니는 조사助詞 하나가 글의 맥을 간결하게 조절할 수도 있다

이 나라는 백성의 나라다
누구도 백성을 짓밟을 수 없다
백성은 짓밟혀서도 안 된다
지금은 광장에서 소리칠 수 없도록

소통을 완벽하게 차단한 시대
바람 불어도 소용없는 거리에서
뜨거운 눈물이 연신 흘러내린다

홀로 떨어진 석곡을 모아 한곳에다 뭉쳐놓았다. 사람들
이 오가는 길에 버려진 쓸모없는 하나의 조각돌이다. 돌을
들어 자세히 살펴보니 물이끼가 끼어있었다. 어항 속에 있
다가 버려졌다는 것을 대번에 알았다. 그리고 화산석이라
석곡이 잘 자랄 것 같아 망설이지 않고 가져왔다.

풍란일기 5

"시는 모국어로 쓰는 것이 원칙이다."

문학작품을 감상할 때 느낌까지 관찰하는 관점이 필요하다. 관점에 따라 의미의 차이가 발생한다. 시는 어조, 운율, 이미지, 수사법, 사상 전개 등의 요소를 중심으로 감상하는 것이 좋다.

'절대주의적 관점'은 작품 외의 세계는 전혀 고려하지 않고 오로지 작품자체에만 관심을 집중하여 감성하는 방법이다. 작품을 외부 요소로부터 완전히 단절하고 하나의 살아있는 유기체로 바라보는 관점, '필요한 것들은 모두 작품 안에 존재한다.'고 보는 것이다.

윤동주는 중국어의 문화권 만주에서 자라 당연히 한문에 능숙했다. 중국 고전인 한시漢詩를 더 많이 읽었던 윤동주의 서시序詩 첫 구절은.

'하늘을 우러러 한 점 부끄럼 없기를' 맹자의 앙불괴어천仰不愧於天을 그대로 인용한 구절이다.

맹자는 군자에게 세 가지 즐거움이 있다고 했다.君子有三樂

첫 번째, 양친이 다 살아 계시고 형제가 무고한 것. 父母俱存 兄弟無故

두 번째, 우러러 하늘에 부끄럽지 않고 굽어보아도 사람들에게 부끄럽지 않은 것. 仰不愧於天 俯不作於人

세 번째, 천하의 영제를 얻어 교육하는 것. 得天下英才而敎育之

윤동주는 '주어진 길'을 사명으로 받아들여 맹자의 호연지기浩然之氣, 수오지심羞惡之心, 측은지심惻隱之心을 재해석한 것이다.

당송 팔대가 중에서 당대에 속하는 문인은 한유韓愈와 유종원柳宗元이다. 어느 날 친구들이 모여 '저 놈이 어떻게 하여 글을 매끈하게 잘 쓸 수 있는지 우리 한번 가보자.'하며 유종원 집을 찾아갔다. 문장에 대한 이런 저런 이야기를 나누다 유종원이 잠시 자리를 비웠는데, 앉아있던 자리가 불룩했다. 그게 이상하여 돗자리를 들춰보니 거기에는 퇴고推敲 글씨의 종이가 잔뜩 쌓여있었다. '일필휘지가 아니었구나.' 좋은 글은 글이 좋아질 때까지 다듬는다는 퇴고의 방법을 터득한 친구들은 그길로 돌아가 유종원처럼 글을 퇴고 한 후에 탈고했다.

기다림

황윤이

장에 가신 엄마가
안 오시면 어쩌나
빈집에 홀로 남아
엄마자리에 앉아본다

어스름 깔리는 저녁
방천 둑에 눈이 박혔다

눈 촉촉이 맺힌 이슬에
어둠이 꾸물꾸물
엄마 흉내를 냈다

기다림은 다르지만
그리움은 매한가지
오늘도
살짝 밀고 들어오시는
엄마를 기다린다

일반소엽풍란이다. 돌은 청하아카데미 사무국장 황윤
이 시인이 줬다. 살아있는 것에 대한 존중과 배려가 익숙
한 황시인은 문학수업을 이끌고 가는 우리의 수호천사다.
궂은일을 혼자 도맡아하는, 어려울 때 앞장서서 도와주는,
이런 말들은 수사어구에 불과하다.
 "시가 되지 못하는 말은 없고, 시가 아닌 말도 없다. 우
리는 지금 자신과 제일 가까이에 있는 이에게 시가 될 수
있는 말을 하며 살아가고 있다."
 남이 생각지 못한 참신한 언어와 고어를 끌어다 쓰는 황
시인은 언어사용면에서 가히 천재적이다. 이공계를 졸업하
고 국문과를 전공한 까닭도 있지만 이런 말들을 문장에다

활용하는 능력은 꼭 배워서만 되는 게 아니다. 특히 시에서 특별한 문장을 만들어주는 독특한 단어는 아무나 끌어올 수 없다. 동인이며 문우인 황윤이 시인의 문운을 빈다.

풍란일기 6

 '사분'은 시골말로 비누를 뜻하는데, 이 사분을 한입 깨문 월남 이상재가 말했다.
 "지금 우리 고관들이 얼굴의 때보다 뱃속, 마음속에 하도 많은 때가 끼어서 이 시커먼 속 때부터 씻어내야만 나라가 바로 설 것 같습니다."

그렇다. 지금의 정치인들은 자기 배만 불리고 있다. 부정부패로 속이 시커멓게 변한지 오래다. 사분 한입 갖고는 어림없다. 국민이 나서서 가루비누 한 포대씩 강제로 먹여시키면 뱃속을 세척해야 한다.

왕의 노여움을 받은 신하가 사형에 처하게 되었는데, 사형수는 살아남기 위해 왕에게 탄원했다.

"만약 왕께서 저에게 1년의 시간을 주신다면 왕께서 가장 소중히 여기는 말馬이 하늘을 날도록 가르쳐보겠습니다. 만약 1년이 지나서도 말이 하늘을 날지 못한다면 그때 가서 저를 사형시켜도 좋습니다."

왕은 이 말馬이 거짓이라 해도 손해 볼 것이 없다는 생각에 사형수 탄원을 받아들였다. 그러자 주위의 신하들은 도대체 이게 말이 되냐며 걱정스럽게 사형수에게 반문했다.

"그대가 무슨 수로 말이 하늘을 날수 있게 가르친단 말인가."

그러나 사형수는 아무 걱정도 없이 말했다.

"1년 사이에 왕이 죽을 수도 있고, 왕의 말이 죽을 수도 있고, 혹시 진짜로 왕의 말이 하늘을 날게 될지도 모르는 일 아니오. 1년이란 기간 동안 무슨 일이 일어날지 누가 알겠소."

유대인의 탈무드에 나오는 말이다. 이 말처럼 우리에게

도 비누를 먹지 않아도 속이 깨끗한 정치판으로 변할지 누가 알겠는가. '우리는 무엇으로 사는가.' 마지막 희망의 끈을 붙잡고 발버둥치는 국민이 애처롭다.

"익숙함에 속아 소중함을 잃지 말자."

너 나 할 것 없이
뱃속의 검은 기름때를 닦아내자
피부를 한 꺼풀 벗겨내는
고통의 세월이 가면 누가 알겠소
정치가 죽어 고통이 사라질 줄
그러나 철없는 백성의 헛된 꿈이었다

일반소엽풍란이다. 몸속에 있는 무늬를 밖으로 꺼낸 꽃돌인데 용산구 원효로 2가에 위치한 풍기주유소 박종영 대표가 줬다. 일반 수석이 아닌 무늬 돌을 광낸 꽃 돌이지만 그 무늬가 추상적이다. 시는 마음으로 보는 풍경인데, 특별한 언어로 감동을 줘야 한다. 때문에 시에서는 언어선택이 가장 중요하다. 박 대표는 은유가 섞인 고어 사용능력이 누구보다 탁월하여, 늘 이런 사람이 문학을 해야 한다는 아쉬움을 갖게 한다. 내가 흔히 인용하는 '지는 해가 더 눈 따갑다.' 이 말도 박 대표에게 배운 언어. 때가 되면

새하얀 꽃을 보이는 풍란처럼 문학인으로 변하기를 바라
는 마음 끝이 없다.

풍란일기 7

청하문학행사가 있는 대학로 '함춘회관'으로 갔다. 혼자
승강기를 타는 데 뒤따라 타는 사람이 있었다. 돌아보니 김
홍신 소설가였다. 갑자기 '인간시장'의 한 대목이 떠올랐다.
산부인과 원장은 문화文化 류柳 씨인데, 류 원장이 가까
운 사람들을 불러놓고 인간의 태를 회쳐 술 안주하는 내용

이다. 김 작가가 의도적으로 문화 류 씨를 고약한 인간으로 설정해놓았던 것이다.

이 무렵 정부에서는 성과 이름에 '두음법칙'을 적용해 류를 유로 쓰라고 강제했다. 이 일에 문화 류 씨 종친에서는 성을 강제로 바꾸게 하는 것은 위법이라고 소송했고, 당시 대법원에 계류 중이었다. 이때 김 작가는 정부 편을 들어 문화 류 씨를 두음법칙도 모르는 무식한 인간으로 묘사했다.

"인간시장에서 문화 류 씨를 왜 그렇게도 나쁜 인간으로 설정했습니까, 제가 문화 류 씨입니다."

내 물음에 김 작가는 미소만 띠울 뿐 아무런 대답이 없었다. 그 후에도 문학행사 때 여러 번 만났지만 김 작가는 여전히 미소만 띠울 뿐이었다.

"고유명사는 두음법칙에 적용되지 않는다."

대법원 판결이었다.

우리나라에서 같은 음을 갖는 유 씨는 네 개인데 버들 유柳, 성 유묘금도 劉, 점점 유兪, 곳집 유庾가 그것이다.

버들 류 씨 시조는 고려 때 대승大丞 벼슬을 한 류차달柳車達이다. 54개의 본관이 있었는데, 지금은 각기 원류로 흡수되어 9개 본관만 현존하고 있다. 현재 우리나라에 버들 류 성을 가진 사람은 60여만 명이 된다. 그 중 인구수대로 골라보면 문화, 진주, 전주, 풍산, 서산, 선산, 고흥, 영광

류 씨 등으로 구분된다.

문화 류 시 족보 영락보永樂譜(1423)가 우리나라 최초의
족보였지만 실전되어 안동 권 씨 성화보(1477)가 가장 오
래된 족보로 되었고, 다시 편찬된 문화 류 씨 가정보嘉靖譜
(1562)가 두 번째로 오래된 족보가 되었다.

가정보 내용에는, 여자를 기록함에 있어 전부前夫, 후부後
夫 등으로 기재하여 여자의 재가를 인정하였고, 자식이 없
으면 무후無后로 표시하여 출생한 자녀가 없음을 분명히 하
였고, 친손과 외손과 사위의 성과 이름을 기재하였고, 외손
에 대해서는 출신과 관력, 혼인관계 등 인적사항을 상세히
기재하였고, 또 과거에 급제한 사람의 관직과 약력 등을 등
재하여 각종 사화에 연루되어 희생된 사람을 알게 하였다.

가정보가 우리나라의 초기 족보라는 것도 중요하지만,
당시의 정치와 사회생활을 자세히 파악할 수 있도록 기록
해놓아, 그 가치를 매우 높게 평가하여 근래에 보물로 지
정되었는데, 나는 거기까지만 알고 있다.

  우리 모두는
  한 곳으로 가는 세월열차를 타고
  서로 먼저 내리라고 아우성친다
  세월은 움직임 없이 달리는 열차

죽음의 문을 열고 한 명씩 하차시켜도
이름 상관없이 무료승차한 우리는
세월이 지정해놓은 하차순번을 잊고 산다

나도풍란이다. 돌은 신도림 아파트 쓰레기장에서 가져왔
다. 작은 돌에 무엇을 붙일까 망설이다 나도풍란 일곱 촉
중에서 두 촉을 여기에다 붙였다. 물을 열심히 준 보답인
지 적년 봄에 향기 짙은 꽃 한 송이를 보여줬다.

짭짤이 토마토는 일반재배로 키우다가 수확 보름 전쯤에
물을 공급하지 않고 말린다. 식물은 본능적으로 살기위해
물을 막 빨아들이는데 이때 집중적으로 염분이 많은 깨끗
한 물을 준다. 비료처럼 염분이 토마토 속으로 들어가 짭
짤한 맛을 낸다.

풍란일기 8

"창에 성에가 껴서 넓은 세계를 볼 수 없을 때, 절망에서
오는 슬픔은 차라리 죽음보다 더하다."

소설 『닥터 지바고』의 작가 보리스 파스테르나크
(1890~1960)는 역사상 유일하게 타의에 의해 노벨문학상
시상식에 참석하지 못했다.

『닥터 지바고』가 노벨문학상으로 선정된 해는 이오시프 스탈린의 뒤를 이어 니키타 흐루쇼프 서기장이 공포정치를 이어가던 1958년이었다. 러시아 격동기 인텔리의 비극적인 사랑과 운명을 그린, 소련 사회주의건설을 비난한 부르주아 로맨스소설을 탐탁하게 여기지 않았던 소련은, 이미 자국 내에서 출판을 금지한 상태였다.

하지만 『닥터 지바고』는 전 세계에서 환영받았다. 소련에서는 금서였지만 18개국에서 번역되었다. 심지어 외국에서 제작된 출판물이 소련으로 몰래 반입되는 일도 생겨났다.

"너무나 고맙고, 감동적이고, 자랑스럽고, 놀랐고, 몸 둘 바를 모르겠다."

이렇게 노벨위원회에 전보를 보낸 수상자 파스테르나크는 이틀 만에 소련 당국의 압력에 의해 태도를 바꿨다.

"상의 의미를 곰곰이 생각한 끝에 수상을 사양할 수밖에 없으니 제 결정에 노여워하지 마시기 바란다."

파스테르나크는 자유로운 영혼을 가진 예술가였다. 아버지 '레오니트'는 톨스토이 부활의 삽화를 그린 인상파 화가였고, 어머니 '로사 카우프만'은 유명한 피아니스트였다.

그는 철학을 공부했지만 시인을 꿈꿨다. 그는 소설보다 시인으로 문단에 이름을 알렸다. 탐미적이고 예민한 예술가에게 이념이나 정파는 먼 얘기였다.

"대체 왜 내가 모든 것을 알아야 하고 모든 것에 대해 십자가를 져야 하는가, 시대는 나를 존중하지 않고, 오히려 자기가 바라는 것을 강요하는데."

문학의 올바름을 강조하는 건 그만큼 문학이 인간의 생각에 미치는 영향력이 크기 때문이다. 물론 공산주의도 그것을 너무 잘 알아서, 문학을 이용하고 앞세워서 사회를 조종한다. 시간이 이렇게 흘러갔는데도 공산주의 혼을 추구하는 현 좌파 정권은 지금의 혼탁한 사회를 문화 예술을 앞세워 비겁하게 정당화하고 있다.

> 그대, 피눈물 흘리던 날이
> 어디 한두 번이었던가
> 더 이상 비굴하게 살지 말자
> 혼탁한 세상으로 이끌어가는
> 저들을 원망할 것도 없다
> 모두가 진실하면 그만 아닌가

소엽풍란 설백이다. 돌은 이미 『풍란의 향기』에 소개된 것처럼 혜화역 근처에서 주워 온 것이다. 잎이 다복하고 뿌리가 튼실하게 뻗어나갔던 풍란이었는데 지난겨울을 견디지 못하고 그만 죽었다. 아쉬운 마음에 이 봄이 오기 전

다시 소엽풍란 설백을 붙였다. 죽고 사는 것을 팔자라고 하기 에는 왠지 죄책감이 든다. 빛과 바람과 온도가 맞지 않았구나 싶어 더욱 그렇다.

풍란일기 9

중국 위나라 왕 문후가 명의 편작扁鵲에게 물었다.

"그대 형제들 중에 누구의 의술이 가장 뛰어난가."

"맏형이 으뜸이고, 둘째 형이 그 다음이고, 제가 가장 부족합니다."

편작이 이렇게 대답을 하자 문왕이 다시 물었다.

"그런데 어째서 자네의 명성이 가장 높은가."

"맏형은 모든 병을 미리 예방하며, 발병의 근원을 제거하여 환자에게 닥쳐올 큰 병을 알고 미리 치료해주기 때문에 환자는 자신의 큰 병을 치료해준 사실조차 모릅니다. 둘째 형은 병이 나타나는 초기에 치료하여 그대로 두면 큰 병이 되었다는 사실을 환자들은 눈치 채지 못합니다. 이에 비해 저는 병세가 위중해진 다음에야 치료하기 때문에, 약을 쓰고 피를 뽑고 수술하는 것을 다 지켜봅니다. 환자들이 치료행위를 직접 보았으므로 제가 자신들의 큰 병을 고쳐주었다고 생각합니다."

죽은 사람도 살려낸다는 노나라 시대의 명의 진월인秦越人 편작이 어떤 명의도 고칠 수 없는 여섯 가지 불치병인 육불치六不治를 말했다.

하나, 교만 방자하여 내 병은 내가 안다고 주장하는 사람. 둘, 몸 보다 돈과 재물을 더 소중하게 여기는 사람. 셋, 먹고 입는 것을 적절하게 조절하지 못하는 사람. 넷, 음양의 균형이 깨져 오장의 기가 안정되지 않는 사람. 다섯, 몸이 너무 쇠약해 도저히 약을 받아들일 수 없는 사람. 여섯, 미신을 믿고 의사를 믿지 못하는 사람.

건강은 건강할 때 지켜야 한다고 말한 전설적인 명의 편작도 진秦나라의 태의령승太醫令丞 이혜李醯에게 죽임을 당했다.

> 호랑이는 가죽 때문에 죽고
> 사람은 이름 때문에 죽는다
> 먹고 입는 것을 조절하던
> 명의도 제명대로 못 살고
> 생의 중간에 억울하게 죽었다
> 제명을 알지 못한 까닭이다

소엽풍란 아마미다. 돌은 화산석인데 강변역 근처 나주 곰탕집 마당가 폐석더미에서 들고 왔다. 수업 중인 청하아카데미회원들을 모처럼 만나 점심으로 곰탕과 함께 소주를 곁들인 날이었다. '만나면 좋은 친구' 광고처럼 만나면 좋은 선생님들이다.

"시는 아무나 쓸 수 있지만 시인은 아무나 되는 것이 아니다."

시를 정의하면, 작자의 사상과 정서와 상상력을 발휘하여, 운율이 직접 느껴지는 말로 함축하여 표현한 운문문학의 한 갈래다. 따라서 시인은 철학적 명상과 지적 사고로 사물을 치열하게 들여다보는 노력을 해야 한다.

풍란일기 10

제4부에서는 올해 처음 열리는 제1회 꽃시 백일장이 열렸다. 시제는 '금낭화'와 '황매'. 문인부분과 일반부분으로 나두어 개회된 이번 백일장에서 문인부분은 유재원 시인 (서울)이 대상을 차지했고 일반부분은 이기숙 씨(창원)가 대상의 영광을 안았다. 백일장 수상자에게는 서운암 된장을

부상으로 수여했다. 2017년 4월 25일 문학신문과 양산신문에 실린 내용이다.

갑자기 두 개의 족자가 펼쳐졌다. 하나는 금낭화가 쓰인 족자이고 또 하나는 황매가 쓰인 족자였다. 아무래도 많은 사람이 시제를 금낭화로 선택할 것 같아 나는 황매를 선택했다. 기승전결起承轉結 머릿속에 시의 틀을 만들어 놓고, 황매 피는 시절의 농민 일상을 메모하기 시작했다. 노란 꽃잎, 보릿고개, 황사바람, 가뭄 든 가슴, 낙화의 영혼, 부뚜막의 빈 솥 등을 의자에 붙어있는 '내빈석'이라고 쓰인 안내종이를 떼어내 적었다.

서울문인을 대표할 수 있는 청하문학 회원들이 전세버스로 한 차 내려와서, 모두가 백일장은 모른 채 초청행사에 참여한 것이지만, 한 사람도 입선하지 못한다면 그것 또한 부끄러운 일 아닌가. 밀물지는 압박을 누르고 메모한 단어에 살을 붙이며 열심히 짜깁기해도 도무지 글이 되지 않았다. 한 시간 내에 연을 나누지 않고 쓴다는 것은 무리였다. 나는 할 수 없이 2연으로 나누고 기起와 결結로만 시를 지었다. 그리고 주최 측에서 배포한 용지에 옮겨 적었다.

언어예술 문학의 영역에서 가장 오래된 역사를 가진 시는 마음속에 떠오르는 느낌을 운율이 있는 언어로 압축하여 표현한 글이다. 또 시를 모방론, 표현론, 존재론 등으로 정의했지만, 공자는 '사무사思無邪 생각함에 사악함에 없는 것이다.'라고 말했다. 그러나 시의 본질은 삶에 즐거움을 주고 진리를 깨우쳐주는 것에 있다. 그동안 수많은 시인들이 '시란 무엇인가.'에 대해 자신의 입장을 짧은 글로 진솔하게 밝혔는데, 나의 입장을 밝히면.

"시는 내가 듣는 낮달의 독백이다."

황매

유재원

살며 꽃은 얼마나 보았는가
이른 황사가 밀려오는
인연의 길목에서
꽃무늬 노랗게 다지고 있는
그대를 바라보며
빈 숟가락 물고 올 보릿고개
해묵은 근심을 지웠다

저 아득한 하늘
어쩌다 철새가 날아가면

꽃잎은 부질없이 떨어지고
마음을 채찍질하던 파문은
그리움으로 출렁거렸다
낙화에서 영혼을 끄집어내는
매화의 향기는 아련했다

소엽풍란 아마미다. 돌은 청파1동 충청향우회 회원으로
활동할 때 당시 총무 이강소가 줬다. 수석 수집을 하던 이
총무에게 여러 개의 돌을 선물 받았는데 이 돌도 그 중 하
나다.
  용산구에서는, 호남향우회에 이어 두 번째로 생겨난 모
임이 충청향우회다. 그러자 곧바로 영남향우회가 생겨났
다. 작은 나라에서 단지 자기가 태어났다는 이유로 각기
자신들만의 집합모임을 한다는 것은 좋은 현상이 아니다.
우리끼리 유대를 쌓으면 결국 다른 도의 사람을 배척하게
된다. 그 뒤에도, 서울향우회도 만들자. 강원도향우회도
만들자. 경기도향우회도 만들자는 목소리가 끊임없이 들
려왔다.

4부

풍란하늘

풍란하늘 1

"마음이 맑고 깨끗하면 세상 또한 맑고 깨끗해진다."

이 세상에서 '기도'만큼 강력하고 위대한 힘은 없다. 우리 몸은 소우주小宇宙와 같고, 우리 몸에는 과학적으로도 증빙된 22g의 영靈이 있다.

반야般若는 일반적 판단능력인 분별지가 아닌 깨달음을

통해 나타나는 근원적인 지혜를 의미하는 불교교리다. 인간의 진실한 깨달음은 새로운 진리에 대한 자각에서 비롯된다. 반야는 5종반야로 구분되지만 공반야共般若와 불공반야不共般若로도 구분된다.

"이 세상에 부처 아닌 것이 없다."

풀, 나무, 벌레, 이웃이 모두 부처다. 보잘 것 없이 보이는 벌레까지도 보살피는 것이 참된 불공이다. 서로가 서로를 부처님 모시 듯 하면 모든 불행은 자연히 사라진다. 행복은 서로 짓는 것이기 때문에 주거나 받는 것이 아니다.

불경도 남녀 간의 그리움은 덜어주지 못했다. 호랑이해로 바뀐 지 며칠 되지 않아 여행자 모임 회원에게서 전화가 왔다.

"묻지 마 관광 회비 냈는데 한 사람이 부도냈어."

회비가 아까우니 나라도 대신 참석하기를 바라는 마음이었다. 내가 그런 데 가기 싫어하는 것을 뻔히 알면서도 전화한 걸 보면 대리구하는 것이 쉽지 않았나보다. 아침 아홉시 사당역에서 외로운 사람들을 태우고 출발한 버스는 열한시쯤에 서산 삼길포에 도착했다.

황금산은 대산읍 바닷가에 아담한 바가지처럼 봉곳 솟은 산이다. 해발 156m의 야산이지만 몽돌해변과 코끼리 바위까지 가는데 생각보다 등산길이 가팔라 40분정도가 충분히 걸렸다.

황금산은 실제로 금이 발견되어 붙여진 이름이다. 원래 항금산이라고 불리는 섬이었는데 독곳리와 사빈이 연결되면서 육지가 되었다. 황금산 정상에 오르면 산신령과 임경업 장군을 모신 '황금산사' 사당을 만날 수 있다.

누가 겨울바다를 낭만으로 표현했는가. 오늘 따라 바람이 거세어 파도가 무섭게 몰려왔다. 골짜기 끝의 작은 해변은 하얀 돌이 가득했다. 몽돌, 콩돌 이름이 들어있는 해변에서는 돌을 외부로 반출할 수가 없다.

우리 사는 세상 뒤에는
외로운 사람도 많다
비어낼수록 더욱 외로운 가슴
그런 심사를 내보였지만
전생의 인연과는 거리가 멀었다
길에서 중고 사랑을 더듬는
바람난 황혼은 애처로웠다

소엽풍란 금루각이다. 돌은 오래 전 여행자 모임 할 때 식당 문밖에 있는 화분에서 가져왔다. 웃고 떠들다 이 작은 돌 하나를 발견한 것이다. 임진강에서 탐석한 돌과 함께 돌의 식구가 늘어났다.

풍란하늘 2

"신은 죽었다."

독일의 철학자 프리드리히 니체가 말했다. 자신의 운명을 사랑하라는 의미로 운명관運命觀을 나타내는 용어라고 하면서, 삶이 힘들더라도 운명을 받아들여야 한다고 강조했다.

나라가 잘 살게 되면 윤리 도덕이 부패하고 사회가 음란해진다. 사랑을 나눌 사람이 없어지고 가족 이웃 간에 불화만 남는다. 지금 대한민국이 바닥을 알 수 없는 수렁에 빠지고 있다.

세월호는 여객선이기 때문에 화물을 적재할 수가 없다. 여객선에는 기중기가 없어 무거운 짐을 실을 수가 없는데 410톤이 되는 그 많은 철근을 어떻게 실었을까. 그리고 철근주인은 누구이고 철근은 어느 나라 제품인가. 당시 철근 일부가 해군기지에서 쓸 자재라고 발표했지만, 해군은 해군기지 건설에 사용할 자재는 해군선박으로 운반했으며, 일체 민간선박을 이용한 적이 없다고 공식발표했다. 또 해군기지건설 반대시위가 한창일 때 가까운 목포항, 부산항을 놔두고 인천항을 이용할 이유가 없으며, 더 더욱 여객선으로 운반할 수 없다고 덧붙였다.

그래서 잠시 철근 싣는 장면과 운항을 추리소설로 써보면.

세월호를 수리한다고 부두에 몇 날을 정박해놓는다. 중국산 철근을 화물선에 싣고 들어와 어둠을 이용해 세월호에 옮긴다. 철근을 조금씩 어깨에 메고 운반하는데 작업인원은 비밀이 누설되지 않게 모두 중국인 노동자로 한다. 출항 직전 선장과 그 외 관계자들을 교체하고 밤에 출항한다. 이 일을 아는 전교조 교사들은 승선시키지 않는다. 배가 빨리 침몰할 수 있도록 해로를 변경하여 물살이 거센 곳으로 들어간다. 학생들 수장에 가담한 자들을 한곳에 모여 있게 하고는 해경 구조정으로 구출한다.

"잘못 인도되지 마십시오. 하나님은 조롱당하지 않으실 분입니다. 사람은 무엇을 뿌리던지 그대로 거둘 것입니다.(마태복음 7:2)

이렇게 무서운 일을 꾸미고, 저지르고도 하늘의 영광처럼 잘 살고 있다. 계획적으로 구출된 하루살이 선장이 젖은 돈을 주머니에서 꺼내 말리는 장면은 '나는 아무것도 모른다. 그저 시키는 대로 하고 있을 뿐이다.' 이 말을 대신하고 있는 것이다.

신은 정말로 죽었다
그리고 하늘의 계곡으로 사라졌다
한 번 가면 영영 돌아올 수 없는 곳
계곡은 너무 깊어 끝이 없다
심해로 침몰한 꽃잎들은 하늘에 올라
오늘도 지상을 내려다보면서
부모형제가 그리워 눈물 흘리고 있다

소엽풍란 아마미다. 우리가 흔 접하는 일반풍란이다. 돌은 공덕역 5번 출구 앞에 있는 에덴화원에서 얻었다. 오래 전부터 화원 바깥 커다란 화분 위에 얹혀있던 돌이었는데 오늘도 그대로 있었다. 나는 이 돌을 들고 두 평 남짓한 화원 안으로 들어가 풍란 있느냐고 물었다. 그러자 주인은 단 하나 남은 풍란을 내놓았고, 나는 풍란을 사면서 나의 에세이『풍란의 향기』몇 권을 전달하고는 돌을 달라고 했다. 그러자 풍란의 흰 꽃처럼 단아한 여주인은 흔쾌히 승낙했다.

풍란하늘 3

우리 조상들은 작은 벌레의 생명조차도 가볍게 여기지 않았다. '워이 워이' 개숫물을 마당에 버릴 때 물이 뜨거워 벌레들이 다칠 수 있으니 어서 피하라고 소리부터 치고 버렸다.

'고수레'는 한민족의 전래풍습이며 또 민간신앙이다. 산

야에서 일하는 사람들이나, 무당이 굿할 때 먼저 자연신에게 예를 갖추어 바치는 의미로 음식물을 조금 떼어 주변에 던지는 풍습이다.

시작은 옛날 단군檀君 시대에 고시高矢가 사람들에게 불을 얻는 방법과 농사짓는 법을 가르쳐주었는데, 후대 사람들이 고시의 은혜를 잊지 못하고 산이나 들에서 음식을 먹을 때 '고시네' 했던 것이다. 이후에 고시네가 고시레 고수레로 변형되었다. 평안도에서는 쒜, 강원도 경상도에서는 고시레, 강화도에서는 퇴기시레, 충청도에서는 고수레, 고시레, 제주도에서는 걸명이라고 부른다. 모두가 풍년을 기원하는 마음인데 몽골과 페루에도 이러한 풍습이 있다.

이 같은 뜻으로 건물을 준공하거나 신차를 구입하면 '고사'를 지낸다. 고사告祀는 주로 가족의 평안과 재앙의 회피를 빌고, 또 사업의 번창과 안전을 기원하는 마음에서 가신家神에게 소원하는 바를 비는 의식을 치르는 것이다.

고사에는 안택고사, 기도제, 도신제, 시루고사 등이 있는데, 안택고사는 성주, 터주, 삼신, 조왕에게 안녕을 기원하는 의례다. 그리고 '시월상달'에는 성조신을 맞아 떡과 괴일 등을 놓고 안택하기를 기도한다.

좋은 날을 가려 고사를 지낼 때는 먼저 시루떡을 조금씩 떼어내 부엌, 대문, 우물, 뒤주, 장광, 측간 등 집안 신이

있는 곳에 놓고 무고無故를 빈다. 고사는 조상님께 잘 잘
보살펴달라고 비는 우리 전통문화 중에 하나다.
"말로 제사지내면 먹을 것이 없다."

한가득 시루떡을 쪄냈다
씨가 박힌 햇과일을 준비했다
삼색三色 나물을 버무렸다
막걸리 한 사발 따라놓았다
자배기에 햅쌀을 넘치도록 담았다
북어에 흰 실타래를 감았다
향과 촛불에 성냥을 그어 불붙였다

대엽풍란, 일명 나도 풍란이다. 상태가 개갈 나지 않아
좌판 한쪽으로 치우쳐진 풍란 일곱 촉을 오천 원 주고 샀
다. 그중 다섯 촉을 발에 차이던 넙적 돌에 붙였는데 작년
늦봄에 향기 짙은 꽃을 피워 '나도 풍란'이라는 존재를 보
여주었다.

풍란하늘 4

나는 아무 잘못 없는데 하늘이 망하게 했다는 천지망아
天之亡我라는 말이 있다. 현명한 사람도 잘못할 수 있지만
어리석은 사람은 자신의 잘못을 모두 남 탓으로 돌린다.
잘 되면 제 탓, 잘못 되면 조상 탓이란 속담과 같다. 용맹
스럽기가 천하제일인 항우가 불량배와 어울려 다녔던 유

방과의 해하垓下전투에서 참패해 죽음에 이르자 이렇게 울부짖었다.

"지금 이렇게 곤경에 처한 것은 하늘이 나를 망하게 하려는 것이지 결코 내가 잘못 싸운 것이 아니다."

항우는 자신의 잘못을 인정하지 않고 31세의 나이로 최후를 맞이했다. 하늘의 구름으로 잠시 머물다 간 목숨, 인생이 뭔지 알고나 갔을까. 적을 두려워하며 대처하는 자는 이길 것이나, 세상에 나만한 자 없다고 과신한 자는 망한다는 것을 왜 몰랐을까.

천국과 지옥은 엎어지면 코 닿는 거리보다 짧은 한 뼘 거리에 있다. 내가 원하던 원하지 않던 하늘이 부르면 언제든지 가야 한다. 하늘은 혼담 하듯 중매쟁이를 통해서 가는 곳이 아니다. 또 많은 사람이 모여서 잔치하며 가는 곳도 아니다.

"개똥밭에 굴러도 이승이 낫다."

'네 탓이오.' 일이 잘못되어 돌이킬 수 없는 비극으로 결딴 난 상태, 파국破局에서도 변명만 늘어놓는 현실 정치가 서글프다. 오직 상대방을 깨트리는 정국政局의 술수도 결국結局 파국을 맞이할 것이다.

백범이 꿈꾸던 나라는 선으로 우뚝 서는 '문화의 나라'였다.

"내가 남의 침략에 가슴이 아팠으니 내 나라가 남을 침략하는 것을 원치 아니한다. 우리의 부력富力은 우리의 생활을 풍족히 할 만하고, 우리의 강력強力은 남의 침략을 막을 만하면 족하다."

그러나 현실은 이상과 괴리가 있었다. 북에 가서 김일성이 자랑하는 수많은 전쟁무기를 시찰하고도 전쟁에 대비하지 못했다.

내 몸에 머무를 수 없는 것이
그저 오고 가는 세월인데
거친 숨을 몰아쉬는 파도처럼
날마다 잠 못 이루는 사내
그대의 분노는 어디서 왔을까
소금에 절여진 불변도
하늘의 이치는 거역할 수 없다

소엽풍란 아마미다. 만해마을 개관행사 때 그 앞강에서 돌 세 개를 주워 왔는데 그중 하나다. 오래토록 방치되었다가 올 봄에서야 풍란이 돌의 피부를 더듬고 있다.

풍란하늘 5

로마 식민지 아래 압박받고 소외된 청년 예수는 제자들
과 유랑하고 마지막에 떠나기 위해 예루살렘으로 입성한
다. 부활해서는 가장 가난한 변두리 갈릴리를 향해 걸었
다. 이들은 모두 변두리를 걸었다.(김응교의 글)

성경에서는 '울며 씨를 뿌린 자는 기쁨으로 단을 거두리

라.'고 했다.

박근혜 대통령이 탄핵 당하던 날, 우리는 헌법재판소 근처에서 대대적인 시위를 벌였는데 인권을 무시한 경찰의 무자비한 진압으로 이날 하루 세 명이 사망하였다. 한 명은 집안경찰에 밀리다 넘어져 압사했고, 또 한 명은 경찰차 지붕에서 떨어진 커다란 스피커에 머리를 맞아 현장 즉사했고, 또 한 명은 경찰 버스지붕에 올라갔는데 경찰은 자신들이 만든 불법진압장비 긴 봉으로 밀어 떨어트렸다. 이때 머리가 아스팔트에 부딪혀 사망했다. 이 처참한 모습을 현장에서 목격한 나는 곧바로 중편소설 「사랑」을 쓰고 나의 기도문을 게재했다.

"아버지 하나님 어린 양들을 굽어 살펴주옵소서. 저희들이 부족하여 하나님의 심판대상인 공산주의를 끌어드렸나이다. 저희들이 미련하여 시대의 섭리를 미처 깨우치지 못했나이다. 그리스도가 베들레헴에 태어난다는 아버지 하나님의 예언처럼 이 땅에도 공산주의는 파멸하고 자유 민주주의가 평화와 함께 우뚝 선다는 말씀 굳게 믿습니다. 여기 모여 있는 애국 국민은 모두가 똑같은 아버지 하나님의 자녀입니다. 그동안의 잘못을 벌하여 주시고 위기의 시국을 헤쳐 나갈 수 있는 지혜를 주옵소서. 거룩한 예수 그리스도 이름으로 기도 드리나이다. 아멘."

너희가 늙어도 나는 한결같고, 너희가 백발이 되어도 나는 너희를 계속 업고 다닐 것이다. 지금까지 그래왔듯이, 내가 너희를 품고 다니고 업고 다니며 구해 줄 것이다.(아사야 46:4)

대체 죽음이 무엇인가
붉은 피를 흘려야 죽음이 되는 건가
신에게 고하는 눈물 그리움은
우리 생에 걸리적거리는 슬픔일 뿐
죽음을 맹세해도 소용없다
막힘없이 직진하는 빛으로 달려 나가
저들을 개운하게 깨트려야 한다

소엽풍란 금루각이다. 용산구 서계동 살 때 우리 집에 놀러온 어느 할머니가 나의 석부작을 보고는 자기 집에도 돌 하나 있는데 버릴 거라고 말했다. 나는 얼른 그 할머니 뒤를 쫓아 만리재를 넘어 한겨레신문사 앞길까지 가서 이 돌을 받아들고 왔다.

풍란하늘 6

"원래 미신이라는 말은 없었다."

미신迷信은 과학적 근거가 없는 것에 대한 맹신盲信을 말하는데, 서양종교가 들어오면서 미신이란 말이 생겨났다.

이번 대선에서 쥐새끼처럼 나라곳간을 파먹는 좌파정치인들이 무속을 미개한 인간 말종 종교로 치부하고 무속 인을 인간 벌레로 업신여겼다. 무속인 중에는 선진국을 유학하고 돌아온 사람도 있고, 역학을 배워 무속인이 된 사람도 있는데, 정치 논리에 따라 역술은 과학이고 무속은 일종의 사기라고 지껄였다.

"우리 무속을 제대로 선보이지 않으면 안 된다는 일편단심으로 작두를 탔더니, 박수가 터지고 사람들이 자리에서 일어나 춤추고 난리가 났다."

미국공연을 성공리 마치고 돌아온 김금화 만신의 회고다. 미천한 무당이라고 깔본 그들, 국민혈세를 징그럽게 빨아먹는 거머리 국회의원 172명보다 훨씬 큰일을 하고 돌아온 것이다. 그리고 2009년 김대중 전 대통령 진혼제를 일개 무당인 김금화가 주재했다.

김금화는 국가무형문화제 제82호 서해안 배연신굿 및 대동굿 예능보유자다. 오래전 나는 김금화 나라만신을 직접 만나 짧은 대화를 나눈 적 있다. 몸의 뼈대가 굵고 목소리가 걸걸하여 남자였다면 최영장군 정도는 되지 않았을까하는 것이 첫 느낌이었다. 기개와 절개가 높은 최영 장군을 자신의 법당 장군 신으로 모신 만신도 더러 있다.

"무당은 됨됨이가 제일 중요하다. 남의 덕을 잘 빌어주려면 내가 먼저 덕이 있어야 한다."

원래 종교에는 과학이 없다. 과학적으로 신의 존재가 밝혀지면 누가 종교를 믿겠는가. 무속에서는 하나님을 옥황상제라고 부른다. 따라서 무당은 하나님 말씀을 대신 전하는 기독교 목사와 같은 위치의 사람으로, 옥황상제 말씀을 대신 전한다.

만일 어떤 사람이 말씀을 듣고도 행하지 않는다면, 그는 거울로 자기 얼굴을 보는 사람과 같다. 그는 자기를 보지만 떠나가면 자기가 어떠한 사람인지를 금방 잊어버린다.(야고보서 1:23,24)

자신의 행실을 돌아보거라
뛰어난 능력과 무한한 가능성이 있는가
더 이상 무속을 탓하지 마라
백성을 미혹 속으로 밀어 넣는 정치에서
변명은 실패한 그대들만의 현실도피다
타락한 정치에 신이 머무는지 궁금하다

소엽풍란 설국이다. 돌은 강서구 본동 구름공원 근처 빌라 촌 골목길에서 주워 왔다. 이 돌 또한 수석으로 탐석되었다가 어느 날 갑자기 버려진 것이다. 이런 사연을 팔자라고 하기 에는 내 마음 한쪽이 허전하다. 꿈과 사랑을 담아내려고 무수한 시간을 빌려 날카로운 모서리를 갈아냈는데 결국 길바닥에 내쳐질 줄이야.

풍란하늘 7

"신의 길이 따로 있고 인간의 길이 따로 있는 건 아니
다."

늙었다고 목적 없이 사는 건 정말 한탄스럽고 부끄러운
일이다. '자연의 순리' 나이 든다는 건 부끄럽거나 한탄할
일이 아니다. 가난하게 사는 것보다 의욕 없이 사는 것이

더 부끄러운 것이다.

"죽음은 누구에게나 두렵고 불안한 거다. 어제 내가 세상을 떠났으면 오늘 내가 하는 것을 못하게 됐을 것이다. 인간은 죽는 순간까지 배우는 존재다. 건강이 다할 때까지 머릿속에 들어간 모든 것을 마지막 한 자까지 글로 남기고 떠나라."

한국을 대표하는 석학 이어령 박사가 말했지만, 누군가는 그를 좌파정권에 말 한마디 못하는 회색분자라고 폄하했다.

하나님/ 당신의 제단에/ 꽃 한 송이 바친 적 없으니/ 절 기억하지 못하실 겁니다// 그러나 하나님/ 모든 사람이 잠든 깊은 밤에는/ 당신의 낮은 숨소리를 듣습니다/ 그리고 너무 적적할 때 아주 가끔/ 당신 앞에 무릎을 꿇고 기도를 드립니다//

이어령의 시 「어느 무신론자의 기도」 앞부분이다. 종교가 없었던 이어령은 어째서 기도하는 시를 썼을까. 미국에서 변호사, 검사 목사를 했던 이진아는 결혼 30년 동안 웃는 날보다 가슴 치며 운 날이 더 많았다. 죽도록 사랑해서 결혼한 남자와 헤어졌고, 맏아들은 25세 꽃 같은 나이에 돌연 사했고, 5세 아이는 특수자폐증을 앓았고, 본인도 암 선고를 받고 시력을 잃게 되었다. 그러자 무신론자, 이성

주의자였던 이어령은 딸에 대한 애틋한 슬픔 때문에 2009
년 정식으로 목사 안수를 받고 기독교 신자가 되었다.

"고맙다. 내 딸아, 이제 굿나잇 키스를 보내지 않겠다.
밤이 없는 빛의 천국, 너는 영원히 잠들지 않는 하늘의 신
부가 되었으니까."

자식의 고난 앞에서는 지성도 과학도 힘을 잃는 걸까. 하
늘로 올라간 딸에게 보낸 이어령의 마지막 목소리였다.

종교의 첫 만남은 설렘이다. 마음 가는 대로 따라가면 시
작부터 평온해진다. 일부러 종교에 기대지 않아도 종교를
가지면 자연히 위안의 기둥이 생기고 믿음의 울타리가 생
긴다.

해맑은 오늘의 꽃도
지나고 나면 그리움으로 남는데
죽음이 슬픈 이유는 무엇일까
신의 능력을 의심할 때
단단한 마음의 담도 허물어진다

일반소엽풍란이다. 에세이 『풍란의 향기』에 영감탱이로
소개된 청평 서예가 김희제 선생이 준 돌이다. 궁리 끝에
물고기 모양을 살려 작은 풍란을 붙였다. 사는 곳을 다른

데로 옮기는 것이 이사移徙인데, 우리는 살며 이사를 몇 번
이나 했을까. 이 돌이 청평에서 서울로 왔지만 언제 또 청
평으로 돌아갈지 알 수 없는 일이다.

풍란하늘 8

"어떤 인간도 다른 인간을 심판할 권리는 없다. 어떤 인간도 남을 속여 자신의 추종자로 만들 수 없다."

지금 전 세계 인류는 환란 속에 빠졌다. 하나님 품으로 들어가는 낙원도 소용없다. 지금 하나님은 각자도생을 원한다. 전 인류는 한바탕 노아의 홍수로 쓸려갈 것이다.

독 속에 게를 풀어놓으면 서로 밖으로 기어 나오려 발버둥 친다. 그러나 결국 한 마리도 나오지 못한다. 밑에 있는 게가 올라가는 게를 끊임없이 물어 당겨 떨어트리기 때문이다.

'독 속의 게'는 한국인의 안 좋은 습성을 풍자한 말이다. 한국인 한 명이 이민 오면 열 명 달려들어 벗겨먹는다. '너의 불행이 곧 나의 행복이다.'를 실현하는 것이다. 어느새 가까운 사람부터 밟고 올라서는 사생결단死生決斷이란 말이 친근하게 다가오는 세상이 되고 말았다.

지난 5년 동안 우리는 비겁했다. 부당한 정권교체와 부정선거에 제대로 항의 한번 못했다. 좌파주의 성을 견고하게 쌓도록 지켜만 보았다. 신을 인정하지 않는 공산주의는 하나님의 심판대상인데도 많은 성직자가 앞장서서 좌파주의정권을 찬양했다.

하나님의 나라를 건국하지 못한 대한민국, 다시 한번 하나님의 나라인 미국이 구해줄까. 하지만 반미를 외치는 세력이 있는 동안은 요원遙遠하다.

어떤 미련한 자가 옆집 아름다운 3층 누각을 보고는 목수를 불러 자신에게도 3층 누각을 지어달라고 부탁하면서.

"저 예쁜 누각처럼 나에게도 3층 누각을 지어주시오. 나는 1층 2층 누각은 필요 없으니 3층만 지어주시오."

신을 믿지 않고 천국을 가겠다는 헛된 생각이다. 1층이 있어야 2층이 있고 2층이 있어야 3층이 있는 것처럼 믿음에도 단계가 있다. 공산주의 '지상낙원'은 1, 2층이 없는 누각처럼 허구일 뿐이다.

그대는 신기루와 같은
사상누각을 아는가
물결이 밀려오면 이내 부서지는
바닷가의 추억 모래성이
눈물겨운 저들의 지상낙원이다
믿음으로 다시는 속지 말자

일반소엽풍란이다. 이 돌도 서계동 살 때 후배 이강소가 준 것이다. 그동안 다른 풍란이 붙어살았는데 올 봄에 떼어내고 다시 이 소엽풍란을 붙였다. 오래 된 풍란 제대로 가꾸지 않으면 늙고 병든다. 풍란도 자기 영역과 행복에 적응하는 의식을 가지고 있다. 또 사람과 영적 교감을 할 줄도 안다. '목숨을 더 길게 부지하려는 너 자신의 이해관계에 의지하지 마라.' 비 대면이 일상인 사람들에게 풍란이 말했다.

풍란하늘 9

"꼭 십자가에 못 박혀 죽어야만 예수가 되는 건 아니다."
불의에게 핍박받는 종교와 백성을 대신해 하나님 이름으
로 내 한 몸 던지면 예수다. '부활은 허구다.'라고 따져도
내가 영생을 얻었다고 믿으면 그만이다. 믿음 없는 사람들
이 얼른 따라 죽어 하늘까지 좇아와 확인한다 해도 괜찮다.

세계 2차 대전이 한창이던 1943년 2월 3일 연합군 병력을 태운 수송선 도체스터 호가 독일 잠수함이 쏜 어뢰를 맞고 침몰하기 시작했다. 아수라장이 된 배안에서 네 명의 군목은 병사들에게 자신이 입고 있는 구명조끼를 벗어주며 말했다.

"나는 예수를 믿으니 지금 죽어도 천국 갈 수 있다. 당신은 이 구명조끼를 입고 살아서 꼭 예수님을 믿고 천국에서 만나자."

네 명의 군목은 어떠한 역경에도 흔들림 없는 믿음으로 찬송가를 부르며 장렬히 전사했다.

많은 종교 지도자가 정치와 타협하여 힘없는 국민들을 하나님 심판대상인 공산주의 길로 끌고 가는 시대에서 진정 우리의 예수는 누구인가.

"하늘에서 들려오는 지구 종말의 나팔소리를 들었다."

몇 십 년 전 어느 교회에서 지구의 종말이 온다고 재산은 교회에다가 전부 바치고 몇 날을 다 함께 모여 기도한 적이 있다. 흰 옷을 단체로 입고 찬송가를 부르며 울부짖었지만 결국 종말은 오지 않았다. 그러자 우리가 종말의 날짜를 잘못 계산했다고 둘러댔다. 신도들의 돈을 모두 모아 목사 이름으로 정기예금 해놓은 상태에서.

"종교는 인간의 종말을 말해서는 안 된다."

오늘 당장 죽을 지여도 마지막까지 희망을 주는 것이 종교다. 경제발전에 따른 극단적인 기후변화와, 나라와 나라 간의 전쟁으로 세상이 혼란해진 지금, 지구 종말의 시계는 점점 빨라지고 있다. 따라서 지구의 종말은 지구에 사는 사람들이 만드는 것이지 하나님하고는 아무런 관계가 없다.

"지구의 끝도, 인간의 끝도, 결국은 끝이다."

돌의 몸

김동오

바람과 물이 오랜 세월
자꾸만 옷깃을 벗기더니
마침내 푸른빛이 손짓하며
가슴의 문을 열고 있다

그동안 멀어져간
몸의 기억이 떠나고 난 뒤
누가 새로운 세상을 마중하는
푸른 옷을 입혔을까

만월이 돌아오는 저녁
내 손으로 쓰다듬던
아직도 잊지 못한 몸 안에
초승달 닮은 꽃이 피었다

소엽풍란 아마미다. 돌은 김동오 시인이 양평천에서 주워 배낭에 담아 가져왔다. 김 시인을 처음 만난 그때를 생각하면 감회가 무척 깊다. 내가 부평 경찰종합학교에서 교육을 마치고 순경으로 임용되어 구로경찰서로 발령받았는데 김 시인은 이미 경찰 몇 년 선배가 되어 근무하고 있었다. 이심전심일까. 같이 격일제 근무하면서 막걸리 동지가 되었고, 가끔 퇴근길 아침부터 실비 집에 들러 막걸리 한 대접 따라놓고 문학얘기를 심심치 않게 했다.

나는 깜짝 놀랐다. 투박한 막걸리 잔속에 젖은 마음 풀어놓고 어쭙잖은 시를 논했는데 김 시인은 벌써 '문예사조'와 '서양철학'과 '고전'을 꿰뚫고 있었다. 문학앓이로 언필칭言必稱 밥 한 그릇의 일상을 탈출하고 절에 들어가 정진한 적이 있었다고 했다. 부러웠다. 나도 그 길로 '시 쓰는 법'과 여러 가지 책을 구입해 정독하기 시작했다. 그 후 김 시인은 2004년도 안도섭 선생이 발행하는 '월간문학21'로 등단하여 문단에 나왔는데, 바탕이 탄탄한 김동오 시인의 무게 있는 글은 언제나 기대를 저버리지 않았다.

풍란하늘 10

"마음에 한번 들어온 하나님은 절대로 나가지 않는다."
처음으로 지옥에 간 사람은 여성이었다. 남성의 순결 요
구를 거절한 죄였다. 초대교회가 순결에 집착한 이유는,
여성의 자기 결정권이나 남성에 대한 도전을 억누르기 위
해서다. 이렇게 살인보다 여성의 순결거부가 더 큰 죄로

인식되었던 때가 있었다.

1945년 12월 이집트 나그함마디 사막에서 발견된 문서
에 속한 빌립복음을 보면.

구세주의 동료는 막달라 마리아다. 그리스도께서는 그녀
를 나머지 제자보다 더 사랑하셨으며 그녀에게 자주 입 맞
추곤 했다. 나머지 제자들은 마음이 상하여 예수께 여쭈었
다. '왜 우리보다 저 여인을 더 사랑합니까.' 그러자 구세주
께서는 그들에게 '저 여인을 사랑한 만큼 너희를 사랑하지
않겠느냐.'고 말씀하셨다.

초대교회 여성관은 폭력적이었다. 여성은 남성의 정서를
가져야 온전한 사람이 되어서 지옥행을 면하게 된다고 했
다. 도마 행전도 남성의 일반적인 순결서약을 당연히 따라
야 한다고 규정했다. 여론형성으로 여성의 지위에 쐐기 박
는 마녀사냥, 막달라 마리아를 지옥으로 갈만한 존재 '창
녀'라고 명토박아 버렸다.

첫 번째 하늘 '월성천'에는 순결서약을 했으나 폭력에 의
해 좌절된 영혼이 가고, 두 번째 지옥에는 음탕한 죄를 지
은 사람이 가는데. 클레오파트라, 세미라미스 정도였다.

자기를 높이면 낮아지고 자기를 낮추면 높아지는 진리에
서 여자만이 아름다움을 추구하는 것이 아니다. 지중해 연
안이 원산지인 수선화는 그리스 신화에 나오는 나르시스

라는 청년의 이름에서 유래했다. 나르시스는 연못 속에 비친 자기 얼굴의 아름다움에 반해서 물속에 빠져 죽었는데 그곳에서 수선화가 피어났다. 그래서 수선화 꽃말이 자기주의自己主義, 자기애自己愛다.

　샘물을 곁에 두고
　그는 목말라하다 죽었다
　그리고 물과 흙의 경계에서
　수선화로 피어났다
　자신의 아름다움만을 그리다
　단순하게 탈진한 사랑이
　마음인 것을 죽어서 알았다

　소엽풍란 아마미다. 고수위高水位 때 잠기는 한강고수부지 공사는 1982년 시작해 1986년에 끝났다. 고수부지高水敷地는 큰물이 날 때만 잠기는 하천 언저리 터를 말하는데 일본식 한자어다. 우리말에는 물가의 언덕이라는 '둔치' '강턱'이 있다. 한강둔치공사가 끝나고, 이촌동 부근 강으로 낚시 갔다가 발견한 돌인데 사람의 발바닥을 닮아 좋은 수석으로 여기고 가져왔다. 하지만 십여 년간 김치 통 누름돌로 사용되었다.

5부

풍란정치

풍란정치 1

착한 사람과 똑똑한 사람이 모자라서 망한 나라는 없다.
악당에게 몽둥이를 드는 사람이 없어서 망한다. 이스라엘
전 수상 골다 메이가 말했다.
"너무 잔인하군."
섭사성은 자신의 눈앞에서 무수히 죽어가는 적군과 아군

을 보면서 탄식했지만 일본병사들은 하나같이 전쟁을 즐기는 악마였다. 지옥에서 뿜어진 유황불처럼 시들지 않는 인간병기였다.

전쟁의 슬픔에도 질서가 있는 걸까. 어느덧 태양이 솟아 오르기 시작했다. 오늘따라 아침노을은 더욱 붉어 건드리면 핏물이 빗방울처럼 떨어질 것만 같았다. 전장에서 죽음 말고는 또 무엇이 있을까.

섭사성은 산꼭대기 지휘소에서 완벽하게 훈련된 일본군의 전투와 어설프게 대항하는 아군을 보았다. 그리고 숙달되지 않은 사격술에 아군이 쏜 소총 유탄에 아군이 다치는 장면도 보았다.

"죽음이 도사린 전쟁의 사상은 승리다. 후퇴하는 용기는 용기가 아니다. 세상에서 등에 짊어진 죽음을 벗어놓고 싸우는 전쟁은 어디에도 없다. 이번 전투에서 패한다는 건 죽어서도 수치다."

청나라 사령관 섭사성은 괴로웠다.

"마지막 결사 항전해라."

'명령으로 움직이는 목숨은 한갓 꿈이려오. 변함없는 충정을 일부러 알리려하지 마오. 검게 그을린 가슴에 울음은 채우지 마오.' 힘없는 젊음이 끌려와 군인이 되었다. 타국에서 이름 없는 죽음이 되었다. 불타는 사랑이라는 이름을 가진 패랭이꽃 곁에서 죽었다. 멀리 고국에 두고 온 그리움 대신 낯선 땅 수풀을 움켜쥐고 죽었다. 피의 향기를 좇아 여름나비가 날았다.

나의 장편소설 『이화』에 나오는 청일전쟁 중 '성환월봉산전투'의 한 대목이다. 얼마나 조선이 힘이 없었으면 외국 군대가 들어와 조선과 상관없이 자기들끼리 싸웠을까. 그러나 더 비참한 것은 한국전쟁이다. 우리가 우리를 죽이는 동족살육전쟁, 공산주의에서 인간은 전체주의 체제를 지탱하는 하나의 도구이지 생명을 가진 인격체가 아니다. 이제 우리도 선진국이 되었다. 더 이상 좌파에 속아서는 안 된다.

행복한 서예를 하려면

박춘재

정돈된 고요함 속에서
평소 지성일관(至誠一貫)의 정신으로
많은 노력만이 지름길이다

세심(洗心)의 노력을 아니 하고

기교만을 따른다면
서격(書格)이 갖추어지지 않은
고금(古今)이나 다를 바 없다

'백가지 꽃을 모아 꿀을 이루었건만 그 단맛이 어느 꽃에서 온지를 모르겠네.' 서예를 하면 호흡이 차분해지고 뒤섞인 마음과 생각들이 모두 제자리로 돌아가 정돈된다. 한국적 예술혼으로 글씨를 쓰는 동고 박춘재 선생의 말이다. 대한민국 미술대전 서예부분 특선을 한 국전작가에게 글씨를 칭찬하는 것은 결례다.

"대국이 되려면 다른 나라보다 우월한 문화와 종교와 이념의 가치관이 있어야 한다. 다른 나라 문화 유입을 배제하는 나라는 결코 자신의 나라를 유지할 수 없다."

소엽풍란 백광이다. '눈물 나게 살아도 말 속에 향기가 있는 사람' 돌은 박 선생이 성남시 서실에서 들고 왔다. 우리는 오랜 세월 술의 혼을 함께 나누며 살았다. 따라서 혼의 글씨로 나의 시집 낯선 영혼, 위험한 현실, 시골정미소와 중편소설 사랑과 두 번째 에세이 『풍란 이야기』 제자를 써주었다. 즉석에서 쓰는 일필휘지一筆揮之는 가히 신의 경지다. 기본이 바로 서면 나아갈 길이 보인다는 본립도생本

立道生을 짚어주는 동고 박춘재 선생에게 무한한 고마움을
전한다.

풍란정치 2

청렴결백한 관리를 청백리淸白吏라 한다.

일자리 창출 예산 54조원 어디로 갔을까. 일자리는 오히려 줄었는데 그 많은 예산 어디다 썼을까. 노인 일자리 무수히 창출했다고 자화자찬했는데 그 속을 들여다보면.

먼저 주민등록등본을 지참하고 구립복지관에 가서 노인

일자리 신청을 접수하며 담당자와 면담한다. 그러나 신청자가 많아 절반은 탈락한다. 하는 일은 재래시장 청소, 시장의 노상 주차관리, 초등학교 청소, 학교 앞 횡단보도 안전지킴이, 골목길 청소 등 지정된 곳에서만 일해야 한다. 일은 매년 3월에 시작해 12월에 끝나는데 오전반, 오후반으로 나누어서 한다. 오전반은 열 시부터 오후 한 시까지 세 시간 일하고 오후반도 역시 세 시간을 일한다. 일주일에 3일씩 한 달 동안 10일을 일한다. 한 달 일한 시간을 합하면 30시간인데, 최저 임금을 적용해 월 27만 원을 지급받는다.

이렇게 오갈 데 없는 노인을 가지고 논다. 늙기도 서러운데 정부가 앞장서서 희롱한다. 노인복지법은 1981년 제정되었다. 저 소득 취약계층 노인을 대상으로 하는 복지정책 법률이다. 그러나 현실은 저 출산 고령화로 노인 인구가 급속히 증가해 노인 복지수요의 법률로서 제 기능을 다하지 못하고 있다.

선거는 바람이다. 바람 불 때 표를 끌어 모아야 한다. 노인은 그저 선거 때만 필요한 한 장의 표다. 정권은 소득보장, 의료보장, 근로보장, 사회복지보장 등을 외면한 채 오직 표 줍기에만 몰두하고 있다. 주거복지, 교육복지, 장례복지, 생활환경복지 등은 아예 꿈도 꾸지 못한다.

정주영 회장이 저승에 가서 먼저 도착한 이병철 회장을 만났다. 두 사람의 대화를 간추려보면.

"정 회장 돈 만 원만 빌려주게."

"이 회장 지금 나도 한 푼 없네."

"그럼 정 회장도 빈손으로 왔는가."

고인돌

　　　　　김우현

하얀
영마루다

여기 흘러든 것을
세월은 또 회자하리라

아무 날의
아무 일이었다고

소엽풍란 아마미다. 돌은 2022년 3월 19일 양평에 위치한 '랑상재'를 방문했을 때 임천林川 김우현 시인이 선물했다. 김 시인은 태양을 똑바로 바라보면 눈 시린 빛이 원통형으로 다가온다는 태양의 기를 받으며 일찍이 문학에 심취했다. 고등학교 다닐 때부터 신춘문예에 소설을 응모했지만 아쉽게 당선되지는 못했다. 혼자 문학에 대한 미친 그리움으로 지내다가 2007년 김창직 선생이 발행하는 '월간 문예사조' 신인상을 받으며 문단에 나왔는데, 그때 밀레니엄 문학에서 김 시인을 만났다. 끝이 없는 길, 그날부터 우리는 술과 문학의 동지가 되었다.

양평에 얹히다.

"랑상재는 두 아들 이름 끝 자를 따서 지었다. 아들의 이름에 시인 김영랑과 애국충사 김영상의 존함을 따오니, 후손들과 후인들에 귀감을 삼을까 해서였다. 하여 문학예술과 민족을 아끼고 사랑하는 귀인들이 드나드는, 학습하고 묵어가는 의미의 공간이기를 바라는 마음으로 명했다. 단기 4351년 7월 26일 임천."

영혼마저 문학에 파묻혀 있는 김 시인을 만난 것은 크나큰 행운이었다. 그 만이 가지고 있는 문체는 누구도 감히 흉내 낼 수 없다. 시집으로는 『바람의 아들』, 『깃 없는 날개』, 『뻥꾸 이야기』, 『익명의 그늘』, 『낭만단풍』이 있고 현재 여섯 번째 시집을 발간 중인데, 장시 「익명의 그늘」은 읽을 때마다 글속의 옛 풍경이 다시 살아서 현실로 장엄하게 다가오는 대서사시다.

풍란정치 3

　기원전 6세기 페르시아 전제 군주 캄비세서 왕은 부패한
법관들에게 경종을 울리기 위해 부패한 재판관의 가죽을
산채로 벗겨내어 재판 시 법관이 의자에 깔고 앉도록 했다.
　"누군가 그대에게 악을 행하도록 충동한다면 그의 운명
을 기억하라. 그대 아버지의 운명을 내려다보고 그의 운명이 그대에게 닥치지 않도록."

시삼네스가 뇌물을 받고 부패한 판결을 내렸음을 안 캄비세스 왕은 그를 산체로 가죽을 벗겨 바닥에 깔아놓고, 그 아들 오타네스에게 아버지 가죽위에 앉아 송사를 보라고 명령했다.

아무리 부패해도 대한민국에서는 괜찮다. 법관들은 산채로 가죽이 벗겨지지 않는다는 것을 잘 알고 있기 때문에, 그들은 하나같이 상습적으로 부패를 저지르며 보란 듯이 살고 있다.

거짓말을 일반 국민보다 몇 배나 많이 하는 것도 모자라 자식까지 공관에서 살게 한 대법원장, 대통령 탄핵에 '인용이냐 각하냐'만을 따져야 하는데도 정치와 결탁해서 파면을 선고한 헌법재판관들, 대장동비리에 동원된 법관들까지 합치면 그 수는 여름날의 송충이처럼 득실하다. 정말 징그럽다.

"정의를 판단하는데 있어 당장 눈에 보이는 표피적 현상으로 사물을 판단하지 않아야 한다."

저울은 균형을 잡는 척도로서 공정함을 나태내고, 검은 날카로운 판단력을 나타낸다. 한손에 저울을 들고 또 한손에 검을 든 여인의 그림이 사방 곳곳에 걸려있어도, 법을 집행하는 대한민국 법관들은 일부러 단 한 번도 처다보지 않고 살아간다.

공정한 정의, 분배의 정의, 보복하는 정의가 있는데 보복하는 정의는 보통재판의 결과인 처형과 직결함을 말한다. 인간 삶의 기본인 도덕과 윤리가 정치적으로 이분되어 있는 현실이 슬프다. 삼권분립의 채판을 존중하라고 지껄이며 스스로 행정부 수반의 비위를 맞추는 그들의 소신이 슬프다. 이제는 국민 한 사람, 한 사람이 이 세상에서 가장 무식한 백정이 되어 부패한 이들을 골라잡아 꼴 베던 낫과 김치 썰던 부엌칼로 가죽을 아프게 벗겨내야 한다.

> 그대 두꺼운 낯짝은
> 회칼로 벗겨도 소용없는
> 처음부터 철면피였는가
> 더 이상 국민을 팔지 마라
> 나는 희망을 버린 지 오래다
> 천년만년 살 것처럼 사는
> 그대 양심은 어디에 있는가
> 찾는 대로 씹어 먹으리라

소엽풍란 금루각이다. 임진강에서 주워 온 넓적 돌인데 가로나 세로나 혼자 설 수가 없어 그동안 방치되었다가 작년에 그냥 누워놓고 새로운 변화처럼 작은 풍란을 붙였다.

수석水石은 두 손으로 들 수 있을 정도의 작은 자연석으로
산수미의 경치가 축소되어 있어야 한다. 두 손으로 들 수
없는 그 이상의 돌은 암석이다.

풍란정치 4

"정치는 생물이 아니라 속물이다."

어차피 우리의 땅을 우리가 지켜낼 수 없는 현실이다. 친중 정권을 수립하여 중국처럼 모두가 사생활 검열 받고 사는 것이 좋은 건지, 친미 정권을 이어받아 미국처럼 개인 마음대로 사는 것이 좋은 건지 이제는 선택할 때다.

정부는 세월호 침몰 사고에 원인을 제공한 자에게 구상권을 청구할 수 있도록 한 세월호지원법에 따라 2015년 유병언 전 회장의 자녀 등을 상대로 4213억 원 소송을 제기했다.

따라서 재판부는 상속을 포기한 유 전 회장의 부인과 장남 유○균은 그냥 두고 차남 유○기에게 557억 원, 장녀 유○나에게 571억 원, 차녀 유○나에게 572억 원을 지연손해금과 함께 1700억 원을 지급하라고 판결했다.

그리고 재판부는 임직원의 부담비율은 70%인 2606억 원으로 봤고, 정부책임 부담률은 25%로 결론짓고 총 3723억 원을 배상하라고 인정했다.

하지만 현 정부는 어떠한가. 수배 중이던 자녀들이 몇 년간 해외 도피하다가 정권이 바뀌자 제 발로 돌아왔는데, 구속하거나 손해배상을 집행하지 않았다. 또 선박보험 신청 안하고 모든 걸 국민혈세로 보상했다. 보험회사에 보험금을 신청하면 누가 세월호 침몰에 계획 협조했는지 단서가 밝혀지기 때문이다.

"죽어가는 사람은 살릴 수 있어도 이미 죽은 사람은 살릴 수 없다."

사람 살리는 것이 정치인데 꽃잎 같은 학생들을 수장시키고, 촛불로 정권 찬탈한 그들은 아직도 잘 먹고 잘 살고 있다. 또한 친북, 친중을 외치며 자기 자식은 미국으로 유학 보내는 대단한 위선으로 잘 먹고 잘 살고 있다. 이러한 것을 보면 이 세상 어디에도 신은 없다.

"현실은 파계破戒의 세상이다."

계를 받은 사람이 그 계율을 어기고, 지키지 않는 것이 파계다.

지키지 못한 약속만큼
삶의 무게도 그만큼 무겁다
할 일 있으면 지금 하라
가슴 저미게 하는 당신의 사랑이
별처럼 하늘에 떠있다고 믿었는데
이를 어쩌나, 이를 어쩌나
내 하늘에는 먹구름만 가득하다

일반 습지에 자라는 이끼다. 몇 년 전부터 가운데가 움푹 파인 돌에 붙여 키우는 중이다. 겨울동안 약간 누런빛을 띄웠는데 봄이 되자 점차 제 빛을 찾아가고 있다. 이끼는 꽃과 씨앗이 없고 단순한 잎이 가는 줄기를 덮으며 때에 따라 포자낭을 만들어 번식한다. 이끼는 우주공간에서도 생존할 수 있는 강한 생명력을 가졌다.

풍란정치 5

"네가 미사일을 쏘면 나는 분석하겠다."

대한민국 군인의 전쟁터는 바둑판인가보다. 맨날 주저
앉아 복기만 하는 하수의 쓸모없는 변명이 이제는 너무 지
겹다.

귀마방우歸馬放牛는 전쟁이 끝나고 평화가 오면 전쟁에

사용할 말과 소를 숲이나 들로 돌려보내어 다시 쟁기나 수레를 끌게 하는 것을 말한다.

2020년 6월 16일 14시 49분 개성공단에 위치한 우리의 건물 남북공동연락사무소 사무처를 북한군이 폭파해 100억 원 이상으로 추산되는 국민혈세가 손실되었다. 그런데도 좌파정부는 무기를 녹여 농기구를 만들어야 한다는 평화타령일 뿐, 손해 배상은 커녕 사과한마디 받아내지 못하고 '대포로 안 쏜 게 얼마나 다행이냐'며 정신 나간 소리만 지껄여댔다.

"이놈들아. 말로 떡을 하면 조선이 다 먹고도 남는다."

'막장의 카나리아' 광부들은 갱도에 들어갈 때 카나리아를 데리고 간다. 카나리아가 유독 일산화탄소에 민감하기 때문이다. 카나리아 죽음의 상태로 갱도 안의 보이지 않는 유독가스를 알 수 있다. 눈앞의 위기를 사전 예고해주는 존재로 '광산의 카나리아'라는 말이 인용된다.

'막장의 쥐' 광부들은 막장 안에서 자신이 먹는 밥을 쥐에게 나누어준다. 쥐는 '예지력'이 뛰어나 광부들의 생명을 지켜주는 나침판 역할을 하기 때문이다. 쥐는 갱도 안의 가스와 붕괴사고를 예견해 준다. 쥐가 갱내에서 갱 입구로 몰려나가면 직감적으로 따라 나가야 한다.

막장의 카나리아만도 못한, 막장의 쥐만도 못한 좌파정

부 허약한 군대를 믿고 하루라도 발 뻗고 편히 잠을 이룰
수가 있을까. 입으로 종전선언하면 전쟁 없는 평화가 저절
로 찾아올까. 나만 옳고 니들은 틀렸다는 공산주의를 언제
까지 믿을 건가.

"평화는 폭력사용을 포기하게 하는 것이다."

바람이 잠들면 들려오는
고요소리를 들어본 적 있는가
기다리다 지치면 결국
평화는 시체 위에 피는 꽃
세상 흐름이 일제히 정지해도
빛과 어둠은 공존할 수 없다

일반소엽풍란이다. 작고 쓸모없는 몸으로 떨어져 나와
거리의 낙엽처럼 뒹굴던 돌이다. 물비누 적신 수세미로 박
박 문질렀더니 붉은 빛을 띠었다. 색깔이 그런대로 괜찮아
작은 풍란을 붙였다. 조약돌도 아니고, 공사판 자갈도 아
니고, 누구와도 친할 수 없는 돌이 어느 날 나에게로 왔다.

풍란정치 6

덕이 없는 왕을 폭군이라고 부른다.

중국에서는 '진시황'에서 시작하여 청나라 마지막 황제 '푸의'까지 2132년간 332명의 황제가 명멸明滅했다.

정치의 목적을 위해 수단과 방법을 가리지 않는, 논점 이탈로 동문서답하는, 자신에게 유리한 것만 기억하는, 자신에게 이익 되는 행동만 하는 국내정치에서 공자의 사람 보는 9가지 지혜가 조금이라도 소용되었으면 한다.

①먼 곳에 심부름을 시켜 그 충성을 본다. ②가까이 두고 써서 그 공경을 본다. ③번거로운 알을 시켜 그 재능을 본다. ④뜻밖의 질문을 던져 그 지혜를 본다. ⑤급한 약속을 하여 그 신용을 본다. ⑥재물을 맡겨 그 어짐을 본다. ⑦위급한 일을 알리어 그 절개를 본다. ⑧술에 취하게 하여 그 절도를 본다. ⑨남녀를 섞여 있게 하여 그 이성에 대한 자세를 본다.

'검수완박' 검사수사권 완전박탈을 말한다. 검사의 6대 수사권은. ①부패범죄. ②선거범죄. ③경제범죄. ④공직자 범죄. ⑤방위사업범죄. ⑥대형 참사. 그 외 경찰공무원 범죄수사인데 현재 여당이 검찰개혁을 앞세워 검사수사권 완전박탈을 시도하고 있다.

우리나라는 윤리 도덕을 중요시하기 때문에 정치하겠다는 사람은, 국민 앞에서 반듯해야 한다. 믿음을 저버린 배신을 부끄러워해야 한다. 사익을 위해 국민 외면을 버려야 한다. '백성에게 필요치 않는 개혁은 안하는 게 낫다.' 공자님 말씀이다.

"역사가 연속되듯 인간사의 내합도 연속된다. 폭군 대부분은 끝내 반란군에게 교살 당하고 만다."

수나라의 2대 황제 수양제隋煬帝는 수나라에서 올린 묘호는 세조世祖이며 시호는 명제明帝이나, 당나라에서 비하의 의미로 올린 양煬을 대신 붙여 양제로 불린다. 세계최강대국이었던 수나라가 50년도 안 돼 망한 것은 순전히 수양제 때문이다.

수양제는 아버지 수문제를 시해했고, 형을 자신의 장수를 보내 살해했고, 아버지가 총해하는 후궁 선화부인을 강간하는 패륜을 저질렀다.

수양제는 만리장성 토성을 벽돌 성으로 개축 완성했고, 양자강 남북을 잇는 대운하를 건설했다. 장성 공사에는 100만 명이 동원되었으며, 대운하 건설에는 1,500만 명이 동원되었다. 당시 중국인구가 4,500만 명이라는 것을 감안하면 너무나 많은 백성이 회생되었다. 그런데도 일을 대충한다는 명목으로 한 번에 5만 명을 운하에 처박아 죽이는 만행까지 저질렀다.

이어서 낙양에서 장안을 잇는 운하를 파고, 그 운하를 따라 궁궐을 40채나 지어 국력이 파탄에 이르렀는데도 다시 고구려와 전투를 벌여 참패했다. 결국 백성들이 분노해 민란이 일어났고, 수양제는 자신의 허리띠로 만들어진 즉석 교수대에서 목을 조이는 형벌로 처형당했다.

자유 민주국가에서는 대부분 대통령 흉내 내는 코미디방

송이 있다. 대한민국도 다른 나라와 마찬가지로 인기 좋은 코미디 프로가 있었는데 문 정권 들어와서 사라졌다. 공산주의 독재나라 아니고서는 있을 수 없는 일이 버젓이 벌어졌는데도 누구 한 사람 말이 없다. 말 못하는 자유, 그것이 독재 아니고 무엇이 독재인가.

악의 빛을 발산하는
이 시대의 폭군은 누구인가
그는 광화문광장을 경찰버스로
물 샐 틈 없이 울타리 쳤다
한 백년 대통령할 것처럼

소엽풍란 백운이다. 돌은 20년 전에 임진강에서 탐석했다. 백운白雲은 흰 구름을 말한다. 하늘을 흐르는 흰 구름은 언 듯 보아도 좋다. 구름은 하얄 수록 가벼워 바라보는 마음까지 가벼워진다. 구름은 습기를 많이 머금을수록 어둡다. 전쟁의 조짐이 보이면 우리는 전운戰雲이 몰려온다고 한다.

풍란정치 7

우리나라 정치인들은 한 가지씩 잣대를 가지고 주관적인 판단을 내린다. 해는 앞 바다에서 떠서 뒤 바다로 진다는 섬사람처럼, 해는 앞 건물에서 떠서 뒤 건물로 진다는 도시사람처럼, 해는 앞산에서 떠서 뒷산으로 진다는 산중사람처럼 저마다 자기 말이 옳다고 소리 지른다.

정치인은 선견지명先見之明이 있어야 한다.

알래스카는 1867년 미국정부가 러시아에게 당시 720만 달러를 주고 사들인 땅이다. 단순히 요새 우리 돈으로 환산하면 80억 원 정도지만 145년 전의 달러 가치로 보면 미국정부가 부담하기 벅찬 거액이었다.

광활한 서부개발도 이루어지지 않은 상태에서 그런 거액을 주고 알래스카를 사겠다는 '윌리암 스워드' 국무장관의 결심에 의회와 언론은 알래스카는 스워드의 얼음 박스라고 조롱하는 등 매우 부정적으로 비난하였다. 그러나 스워드 장관은 사면초가 위기의 상황을 뚫고 땅을 매입하는 데 전력을 다했다.

한 세기가 지난 지금은 어떠한가. 알래스카 매입 덕분에 미국은 그 땅 면적을 뛰어넘어 거대한 태평양을 내해처럼 사용하며 '팍스 아메리카'의 세계 전략을 펼칠 수 있게 되지 않았는가. 그때 알래스카를 매입하지 않았더라면 러시아 땅으로 남아 수백기의 핵무기가 미국을 겨냥하고 있었을 것이다.

'능서불택필能書不擇筆' 글씨를 잘 쓰는 사람은 붓을 가리지 않는다. 글씨를 쓰는데 종이나 붓 같은 재료 또는 도구를 가리는 사람이라면 달인이라고 할 수 없다. 당초사대가唐初四大家로 꼽혔던 구양순은 독특하고 힘찬 솔경체率更體

를 이루었는데, 그는 글씨를 쓸 때 종이나 붓을 가리지 않
았다.

어느 잔에 마셔도
언제나 술맛은 같은 것
삶의 본질을 잃어버린 겉치레
술잔보다 술이 좋아야겠지
행복과 불행은
사람들의 날선 시선을 비켜
자신이 선택하는 것
허구에 얽매이지 말아야 한다

일반소엽풍란이다. 돌은 경순왕 능가는 길 백학천에서
가져왔다. 가끔 문산 사람들을 만나 경순왕 능을 들린 다
음 민통선 농원에서 점심을 먹곤 했는데 옛날이 되고 말았
다. 경순왕은 935년 11월 문무백관들을 거느리고 개경으
로 갔다. 스스로 항복문서를 만들어 고려태조 왕건에게 자
기의 나라 신라를 바친 왕이다. 지금 우리에겐 스스로 중
국을 찾아가 알아서 기는 대통령이 있다. 그때 우리나라
신문기자 한 사람이 무식한 중국공안에게 무자비하게 몰
매 맞았는데, 아직도 '쓰다 달다' 말이 없다.

풍란정치 8

　대한민국 제20대 대통령선거에서 1번 더불어 민주당 이
재명 후보와 2번 국민의 힘 윤석열 후보를 국민들은 투명
한 대립각으로 보았다. 전과나 허위조작 막말 등을 모두
접어두고 있는 그대로 자신의 마음을 소신껏 말해보자. 딸
을 가진 부모라면 내 딸을 두 후보 중에 누구에게 시집보

내는 것이 좋은가를. 내가 시집안간 여자라면 두 후보 중에 누구하고 결혼하는 것이 좋은가를.

'묘서동처猫鼠同處' 교수신문에, 한 해를 대표하는 사자성어를 선정 발표하는데 2021년 선정된 올해의 사자성어다. 고양이와 쥐가 함께 있다는 뜻이다.

도둑을 잡아야 할 고양이가 도둑인 쥐와 한 패가 되었다. 감독자와 범죄자가 부정과 결탁하여 나쁜 짓을 함께 저지르는 모습을 상징하고 있다.

당나라 때, 지방 군인이 자신의 집에서 고양이와 쥐가 같은 젖을 빨고 서로 해치지 않는 모습을 보고 상관에게 이를 보고했다. 그러자 상관은 고양이와 쥐를 임금에게 바쳤다.

이를 본 관리들은 상서로운 일이라고 반겼지만 오직 '최우보'만이 실성한 일이라고 한탄했다. 쥐는 곡식을 훔쳐 먹는 도둑이고 고양이는 쥐를 잡는 천적이기에 함께 살 수 없는 존재가 서로 한 패가 된 세태를 비판한 것이다.

LH임직원과 청와대 비서실장의 부동산 투기, 그리고 대장동의 천문학적 비리, 조국 사태, 울산시장 부정선거, 탈원전 부실수사, 또 서울, 부산, 대전의 성추행 사건, 위안부 할머니 모금 돈 횡령 등등 헤아릴 수 없이 많은 비리가 대한민국을 뒤덮었다. 그런데도 비리와 직간접으로 연관된 사람들은 대부분 승진하거나 국회의원이 되었다. 비리

수사를 아예 처음부터 막은 것이다.

　건강한 사회는 사랑과 헌신, 양보와 배려로 만들어진다. 자신을 낮추어야만 가능하다. 국민들은 못살겠다고 아우성인데 마땅히 해야 할 일을 하고는 5년 내내 제 자랑하는 자화자찬하다가 끝난 붉은 정부를 어떻게 할 것인가.

　　어차피 함께 사는 세상인데
　　무엇을 더 챙기려고
　　끼리끼리 모여 아우성치는가
　　내 밥 두고 남의 밥 먹으면
　　누군가는 굶어야 한다

　소엽풍란 취화전이다. 돌은 가끔 다니던 강원도 인제 큰 다리 밑에서 주워 왔다. 처음엔 하얀 돌이였는데 지금은 물때가 끼어 어둑하다. 취화전翠華殿은 잎이 두꺼운 두엽豆葉이고 소형이면서 잎 자태가 좋다. 죽을 만큼 힘든 겨울을 견디고 다시 봄을 맞이했는데, 힘내라고 격려를 보낸다.

풍란정치 9

　'우리법연구회' 자유 민주 대한민국에서 우리 법을 어떻게 연구했기에 나라가 이 모양인가. 민주사회를 위해 무슨 변론을 했기에 나라가 이 지경이 되었는가. 그들이 드리운 긴 그림자가 국민을 지겹게 했다.

　이성은 원칙이성과 기회이성으로 나눈다.

원칙이성은 개별사안을 보편적, 객관적 기준에 따라 일관성 있게 판단하고 처리하는 능력을 가리킨다.

기회이성은 일관성 없이 그때그때 기준을 바꾸어 개별사안에 임기응변으로 대응하는 능력을 가리킨다.

어떠한 상황에서도 유연하게 대처할 수 있는 원칙이성 우파정부는, 진실과 원칙의 강한 긍정으로 언제나 합리적인 결과를 가져온다.

일관성 부재로 신뢰를 떨어트리는 기회이성 좌파정부는, 아집과 독단의 강한 부정으로 언제나 치명적인 결과를 가져온다.

"꼭 사형에 처해야 할 사람은 대낮에 강도짓을 하고 밤중에는 남의 집 담장에 넘어가서 도둑질을 하는 사람이 아니라, 나라를 어지럽히고 뒤엎을 그런 사람들이다. 이런 자들은 현명한 군자들마저도 의혹을 품게 하는 자이며, 어리석은 백성들을 미혹에 빠트리고 속이는 자이다."

그릇된 일을 일삼으면서도 겉으로는 교묘하게 옳은 일이라고 꾸며대는 특정 정치인에게 던진 공자님 말씀이다. 그러나 중국 공산당은 공자를 신흥 지주계급을 대표하는 정치가로서 노예제도를 기반으로 하는 구체제의 회복을 기도하는 반동사상가임을 보여준 행위라고 매도했다.

"그릇은 비어있어야 음식을 담을 수 있다. 날카로운 칼이 먼저 닳는다."

페르소나는 개인이 사회생활 속에서 사람들로부터 비난받지 않기 위해 겉으로 드러내는 자신의 본성과 다른 태도나 성격이다. 고대 그리스 가면극에서 배우들이 썼다가 벗었다가 하는 가면을 말한다. 사회생활을 하면서 가지게 되는 인격의 한 종류다.

돌과 수석

한남숙

갖고 싶은 돌이 있으면 말하라고 하였지만 들고 갈 수 없고 집이 좁아 둘 곳도 없다고 다음 기회가 있으면 생각해보겠다고 답하고, 쾌우를 빌며 반가움을 뒤로하고, 돌아오는 마음속엔 오랜 시간 차갑게 느껴지는 돌의 냉기가 건강에 썩 도움이 되지 못한 건 아니었을까 하는 생각도 해보며 모든 것은 제자리가 있는 것이리라 생각하며, 예술이나 삶의 가치관은 모두 다르고 자유기에 그들의 일에 무어라고 관여하거나 해서도 안 되겠지만, 집안에서 정원으로 꽃과 나무사이에 소담하게 앉아있는 돌들이 태양아래서 바람과 함께 지낼 수 있는 모습은 방에서 잠자던 돌이 자연에서 살아나는 듯 후련함을 느끼며, 고요한 대지 위든 흐르는 물가든지 어울리는 곳에 있는 그대로 바라볼 수 있기를 바랄 뿐이며, 황금을 돌처럼 여길 순 없어도 돌을 황금으로 만들어 박물관도 아닌 집안으로 들이는 건 아니라고 나만의 생각을 해본다.

한남숙 수필집 『마르지 않는 물감』 중에 명품 수필 「돌과 수석」의 마지막 부분이다. 이렇게 긴 글이 한 문장으로 이어졌다는 것이 그저 신기할 뿐이다. 한양성보다 탄탄한 필력에 더 이상 무슨 말이 필요할까. 동인으로, 문인으로 같이 활동하고 있는 현실이 나에게는 꿈같은 시간이다. '내가 무슨 말을 할 수 있을까? 생각하니 점점 작아진다.' 지금도 당찬 모험으로 불꽃시간을 보내고 있는 한남숙 수필가의 문운을 기원한다.

소엽풍란 백광이다. 돌은 제1회 신한은행 전국수필대회에서 장원한 경력이 있는 한남숙 수필가가 줬다. 돌이 예쁘고 마음에 들어 돌에 어울리는 소엽풍란을 찾아 붙였다. 돌과 수석의 수필내용처럼 자연의 삶으로 거듭났으면 좋겠다.

풍란정치 10

19~20세기 세계적 혁명가 중에 5인 중 경제발전에 기적을 이룩한 사람은 오직 박정희 한 사람이었다. 그는 산업화 후에 민주화를 이룩한, 소위 민주화 토대를 다진 인물이라서 나는 그를 존경한다. 독일에서 태어난 미국의 유대계 정치인 헨리 키신저가 말했다.

"나는 가난하지 않다. 나는 인생을 간소하게 살기로 결심하였다."

세상에서 가장 가난한 우루과이 호세 무히카 대통령 월급은 1천300백만 원인데 그 중 90%를 극빈층 주택사업에 기부하고 139만 원으로 살며, 관저는 노숙자에게 별장은 시리아 난민들에게 내주었다.

지금 그는 낡은 통바지를 입은 농부다. 자산은 현금 195만 원, 1987년식 폴크스 바겐 비틀 한 대, 허름한 농가와 농기구가 전부다. 가족은 우르과이 첫 여성 부통령을 지낸 아내 루시아 토플란스키와 다리 하나를 잃은 반려 견 한 마리뿐이다.

한 달 생활비를 2천만 원씩 썼다는 문가 부부 56개월 기간 중 해외순방은 52회인데, 순방1회당 소요경비는 200억 원이 들어갔다. 모두 합치면 1조원이 넘는 어마어마한 돈이 낭비되었다. 각국 정상들이 귀찮다고 피하고 홀대하니 아예 비행기에다 붉은 카페트를 싣고 다니며 스스로 깔고 내리는, 눈물 없이 볼 수 없는 갸륵한 쇼를 보인 위인들이 아니던가.

주말마다 멀고 먼 시골로 헬기타고 내려가 비료를 주었다고, 그래서 농부라고 우기는 한심한 작태는. 주말마다 낚시를 했으니 어부라고 우기며 어업권을 달라는 낚시꾼과 다를 바 없다. 5년 동안 아이들 학예회 같은 유치한 연극으로 대한민국을 이끌어가다 스스로 무너진 붉은 달 정부를 보며 한탄하지만 소용없는 일이다. 더 이상 저들의 비리와 실정을 지적하면 자살당할 지도 모를 순간이 지금이다.

죽는 사람을 살리는 것이 정치인데, 대장동 비리 핵심인물들이 차례로 자살당하는 현실을 두 눈으로 바라만 봐야 하는, 소름 돋는 지옥의 무서움이 어느새 우리 곁에 와있다. 하지만 이러한 일들을 기록하고 반면교사로 삼아 다시는 저질 인간들이 정권 잡아서는 안 된다는 것을 교훈으로 후세에 남겨줘야 한다.

"평화는 지키는 것이지 구걸하는 것이 아니다."

문 정부는 5년 내내 구걸하다 끝났다. 북한이 미사일을 발사해도 유감이라는 말 한마디 제대로 하지 못하고, 오직 남이 써준 종이쪼가리 한 장 들고 헛발질만 했다. 우리는 언제쯤 만인이 존경하는 대통령을, 국회의원을 만날 수 있을까. 우리는 언제쯤 어린 아이들에게 대통령을, 국회의원을 본받으라고 말해줄 수 있을까. 슬프고 안타까운 건 국민뿐이었다.

치매의 남자는 그저 웃었고
새 옷에 걸신들린 여자는
치마저고리 입고 말 춤을 추었다

소엽풍란 주천황이다. 돌은 '바람난 마음이 머물다가는 곳' 양평 랑상재에서 별을 보며 하룻밤을 보냈을 때 머리보다 마음이 따뜻한, 몽환적 글을 쓰는 김우현 시인이 줬다. 돌이 마음에 들어 특별한 풍란 '주천황'을 붙였다.

"한양 가는데 미리 과천에서부터 기어갈 필요는 없다."

침묵하는 돌에게 묻는다. 그렇게 정권을 찬탈하려고 꽃 같은 학생들을 수장시켰는가. 그렇게 더러운 정치하려고 중국은 커다란 산이고 한국은 조그만 산봉우리라고 말했는가. 그렇게 참담한 정치하려고 탈 북인을 판문점까지 끌고 가 북으로 넘겨 죽게 하였는가. 그렇게 미혹한 정치하려고 유엔의 북한인권 회의 때마다 기권하였는가. 돌아, 너는 아직도 겉치레하다 삶을 잃어버린, 한국의 이멜다인 옷 부자 김 여인이 그렇게도 좋으냐. 돌아, 너는 아직도 한국말보다 쌍욕과 거짓말을 더 잘하는 전과 4범이 그렇게도 그리우냐.

만족滿足이란 말은 벌목까지 가득히 차오른다는 뜻이다. 발목까지 차올랐을 때 거기서 멈추는 것이 바로 완벽한 행복이다. 진정한 만족은 욕심을 최소화할 때 비로소 얻는다.

총 맞은 여인과 벽시계

1

각진 모서리 갈아내는 마음으로
고요 속에 터지는 흰 꽃잎으로
여인은 가슴에 무쇠 솥 올려놓고
젖 냄새 그리운 밥을 지었다
오늘이 가면 내일이 온다는
까만 판자 같은 어둠에 구멍 뚫고
지상을 바라보는 별의 심성으로
식솔들이 먹을 한 끼니 밥 지었다
껍질을 한 꺼풀 벗겨내는 기다림
어둠의 문고리가 풀리고
지금은 바람 따라 길 떠나는 아침
여인은 벽시계 태엽을 감아주었다

2

우리 손잡고 금강산 구경 가자
들뜬 오늘은 또 다른 내일
서둘러 일상을 시작하는 강물처럼

현실을 무겁게 묶은 사슬 끊고
소복이 눈 쌓인 장독대 마음으로
어서 오라고 빨리 오라고 손짓하는
강 건너 사람들 곁으로 가자
아침부터 두드러기 않는 물결
가득한 눈부심이 윤슬로 피어나면
갈잎은 바람강물에 발 적셨다
어지럽게 흔들리는 풍경에
여인은 주체할 수 없는 몸을 기댔다

3
여기는 진리가 머무는 금강산
밤마다 별들이 내려다보던 백사장
어젯밤 밤별은 몇 개나 추락했을까
새벽 해안을 산책하던 여인이
혼란한 시대의 이념을 뚫고 날아온
초병이 사격한 총알 맞고 숨졌다
후회해도 소용없는 동토의 나라
우리는 어디로 흐르고 있는가
총 쏜 사람도 총 맞은 사람도 어차피
왔다가 가는 이 땅의 노숙자인 것을

그토록 소원했던 통일의 붉은색
동해에 뜨는 태양이 눈시울 붉혔다

4
공허한 소문을 물고 온 산새가
악몽 꾸는 처절한 평화 때문에
여인의 벽시계가 멈추었다고 말했다
햇살 따라 벌판으로 나가던 습관이
가슴에 새겨놓은 바람 무늬
여인의 나들이옷 남김없이 벗기고
여인의 하얀 몸에 거친 베옷을 감았다
여태껏 지치도록 숨을 쉬고 산 세월
죽음의 경계에서 진실은 무엇인가
허공에 소리 없이 흩어진 울음
누가 마음대로 인간 목숨을 빼앗는가
그 여자는 정말 재수 없었어.
하늘이 정해준 목숨이 거기까지야.
추악한 사상을 간직한 사람들은
실패한 인생이라고 함부로 지껄였다

5
금강산 구경이 영원한 죽음인지
연착 없는 세월의 등을 타고
시간을 알려주던 벽시계가 침묵해도
탄생주머니를 열고 나온 게 죄인지
여인의 육신은 무덤에 도착했다
달리는 속도를 조절할 수 없는
휴식 없이 충돌하며 진화하는 시대
누가 피의 나라로 구경 가자 했을까
금강산 아침이 무섭다 소리 질러도
날마다 진실을 허무는 사람들은
총 맞은 여인의 잘못이라고 말했다

6
마지막 울음이 흩어지고 있는
여인이 잠든 무덤에 찬바람 불었다
저린 발로 대지를 짚고 서 있던
한생이 길을 잃고 저승에서 헤맸다
자꾸만 바라보아도 슬픈 얼굴
총 맞은 여인의 죽음은 낯설었다
가슴에 씀바귀뿌리를 키우는 여인은

언제 화장터 가는 날을 약속했을까
담장너머 새소리에 눈물 보이던
여인의 영혼은 금강산에 머물고
벽시계는 아예 종소리를 잃어버렸다

*박왕자(53세)씨는 2008년 7월 11일 오전 5시경 금강산 관광도중에 북괴군
초병의 조준사격으로 총알 두 발이 등을 관통하여 현장에서 숨졌다. 숙소에서
나와 치마를 입은 채 모래사장 3,3km를 불과 20분 만에 주파했다고 발표했다.
성인 남자가 평지길 4km를 60분에 걷는 것을 감안하면 여전히 의문으로 남는다.

풍란 이야기
유재원 지음

발 행 처 · 도서출판 청어
발 행 인 · 이영철
영   업 · 이동호
홍   보 · 천성래
기   획 · 남기환
편   집 · 방세화
디 자 인 · 이수빈 | 김영은
제작이사 · 공병한
인   쇄 · 두리터

등   록 · 1999년 5월 3일
(제321-3210000251001999000063호.)

1판 1쇄 발행 · 2022년 5월 25일

주소 · 서울특별시 서초구 남부순환로 364길 8-15 동일빌딩 2층
대표전화 · 02-586-0477
팩시밀리 · 0303-0942-0478

홈페이지 · www.chungeobook.com
E-mail · ppi20@hanmail.net
ISBN · 979-11-6855-037-7(03810)